Hans Kettwig

Auf St. Pauli stirbt man zweimal

Motorrad-Krimi

Hans Kettwig

Hans Kettwig ist 1958 in Köln geboren und hat als Germanist, Buchhändler und Verlagsmensch gearbeitet. Seit er selber schreibt, veröffentlichte er Reportagen und humoristische Ratgeber und hat als Ghostwriter gearbeitet. Er lebt in Hamburg, wo er sich als rheinische Frohnatur unter Fischköppen in die schöne Stadt verliebte. So oft es geht, fährt er Motorrad, unter anderem auch mit einer alten Triumph.

1. Auflage 2010

Foto: Stephan Lindloff
Lektorat und Korrektorat: Sylva Harasim
Gestaltung: Sylva Harasim
Druck und Bindung: CPI – Ebner & Spiegel, Ulm

ISBN 978-3-933385-55-0

Hans Kettwig

Auf St. Pauli stirbt man zweimal

Motorrad-Krimi

HIGHLIGHTSVERLAG

Prolog

Als Pit zum ersten Mal stirbt, ist es in Hamburg früher Morgen. Selbst die Reeperbahn ist menschenleer, als er mit der Triumph zum Wasser abbiegt. Das Wasser ist die Elbe, die hier schon nach Meer riecht und für einen Fluss sowieso zu breit und zu träge daherkommt.

An einem Sonntag würden sich jetzt die Menschen drängen, um auf dem Fischmarkt einen *Oginool-Hamburger-Fischverkäufer* sehen zu können, der mit toten Fischen um sich wirft. Aber an diesem Tag donnert die Tiger alleine den Pepermölenbek herunter, wo irgendwann früher wahrscheinlich einmal der Bach einer Pfeffermühle entlanggeflossen war.

Pit fährt langsam, sein langes Haar flattert im Wind. Über seiner Lederjacke trägt er seine Kutte, eine Jeansjacke mit herausgetrennten Ärmeln, die aller Welt zeigt, zu welcher Rockergruppe er gehört. Er ist müde und noch ganz von dem Streit gefangen, der gerade mit Geschrei zu Ende gegangen ist.

Als er am Fischmarkt vorbeifährt, taucht hinter ihm ein großer Benz auf. Pit hat einen Rückspiegel in Form eines Eisernen Kreuzes an der Triumph, in dem sieht er nicht, wie das Fenster auf der Beifahrerseite des Benz heruntergedreht wird, und sich ein Mann aus der Öffnung zwängt. Er hört das Auto neben sich, aber er wendet ihm keinen Blick zu. Autofahrer sind Spießer, denen man keine Beachtung schenkt. Als er bemerkt, dass der Benz ihn nicht überholt, sondern neben ihm bleibt, ist es bereits zu spät.

Der Mann im Beifahrerfenster hat einen Baseballschläger aus dem Auto gezerrt und schwingt ihn über seinen Kopf wie ein Lasso. Am Ende der Kreisbewegung trifft das Holz auf den Kopf von Pit. Als der Schädel bricht, übertönt das helle Knakken des Knochens beinahe das Geräusch der Motoren. Pit stürzt und mit ihm die Triumph. Funkensprühend rutscht Metall über das Pflaster, der leblose Körper hinterher. Die Triumph schlägt mit einem Rest von Bewegungsenergie in die niedrige Mauer zwischen Hafenstraße und Elbe ein und wird still.

Pit liegt da, mit offenen Augen, aber mit starrem Blick, in einer verdrehten Haltung, für die sein Körper eigentlich nicht gemacht ist. Der Benz hat angehalten und der Mann mit dem Baseballschläger ist ausgestiegen. Seine schweren Stiefel stehen dicht vor Pits Gesicht. Möwen kreischen. Und Pit hört auf, Pit zu sein.

1.

Manchmal hört man ja Geschichten von Leuten, die ahnen, dass am Telefon eine Schreckensnachricht überbracht wird und den Hörer abnehmen, bevor es klingelt. Mein Telefon klingelt zwar, bevor ich drangehe und „Hallo?“ sage, aber dann ist da einen kleinen Moment zu lange Stille und als eine fremde Stimme „Jan, bist du es?“ fragt, weiß ich, dass etwas passiert ist.

In den dreiundzwanzig Jahren meines Lebens ist der Tod erst einmal aufgetaucht, deshalb bin ich überfordert, als mir der Mann am anderen Ende der Leitung berichtet, meine Tante Heidi sei an einem Herzinfarkt gestorben.

Seit sich meine Eltern trennten, kümmert sich Tante Heidi um mich, so wie sie sich auch um Onkel Pit kümmert. Und jetzt ist sie tot.

Der Mann am Telefon ist der Nachbar namens Riep, der schon immer neben den beiden wohnt und mich kennt, seit ich ein kleines Kind war. Er ist am Vormittag über den Garten ins Haus gegangen, nachdem Tante Heidi nicht wie sonst jeden Morgen Onkel Pit in den Garten begleitete.

Onkel Pit ist seit einem Unfall vor vielen Jahren ein Pflegefall und kann sich schlecht selbst versorgen. Der Nachbar fand ihn in der Küche. Pit saß am Tisch und Tante Heidi lag davor auf dem Boden. Ich verspreche, sofort zu kommen und lege auf.

Dann starre ich auf das Foto an der Wand vor mir. Darauf bin ich ungefähr fünf Jahre alt und sitze auf meinem ersten Fahrrad ohne Stützräder. Die Tante hält mich mit beiden Händen auf meinen Schultern fest, sie lächelt milde in die Kamera. Tante Heidi war eine große Frau mit einem langen Gesicht, die, seit ich sie kenne, keinen Tag älter wurde. Onkel Pit steht wie üblich ein wenig abwesend daneben, aber auch er lächelt, für seine Verhältnisse sogar lebhaft. Und ich verzerre auf dem Foto das Gesicht in wildem Grinsen vor Freude über das Fahrrad. Vielleicht hat damals meine Begeisterung für Zweiräder ihren Anfang genommen.

Ich bin an diesem Freitagabend gerade erst von der Arbeit nach Hause gekommen und habe meine Motorradjacke noch nicht ausgezogen. Während ich meinen Helm hole, suche ich in mir nach dem angemessenen Gefühl für diese Situation, aber in mir ist nur ratlose Leere. Ich beeile mich, weil ich Onkel Pit beistehen möchte. Ich habe keine Ahnung, was der Tod der Tante bei ihm auslöst. Als Kind fand ich es ganz normal, dass er immer zuhause war, nicht viel sprach und oft geistesabwesend aus dem Fenster starrte. Ich spürte, dass er mich mochte und ich fühlte mich in seiner Nähe wohl. Erst später erzählte mir Tante Heidi von seinem Verkehrsunfall und benutzte das Wort Schädel-Hirn-Trauma, um mir seinen Zustand zu erklären. Während ich die Treppe herunterlaufe und zu meiner Fazer gehe, die vor dem Hauseingang geparkt ist, denke ich darüber nach, dass ich eigentlich keine Ahnung habe, was ein Schädel-Hirn-Trauma ist und wie viel Onkel Pit vom Tod seiner Frau mitbekommt.

Die Fazer steht auf der anderen Straßenseite, direkt neben der ausgebrannten BMW. Seit einigen Wochen gerät in Hamburg mit ein paar Tagen Abstand eine weitere BMW in Brand und verwandelt sich, bis die Feuerwehr zur Stelle ist, meist in ein nach geschmolzenem Kunststoff riechendes, schwarzes Skelett auf verkohlten Reifen. Niemand hat den oder die Brandstifter bisher gesehen, es gibt kein Bekennerschreiben oder sonst einen Hinweis darauf, weshalb die Motorräder brennen. Nervöse BMW-Fahrer haben versucht, so etwas wie eine Bürgerwehr aufzustellen, um ihre Motorräder zu schützen, aber die Brandserie setzt sich bisher ohne Pause fort. Hamburg brütet an diesem Sommertag vor sich hin, die Bernhard-Nocht-Straße ist wie ausgestorben. Für die Touristen ist es jetzt am frühen Abend zu spät und für Kiezgänger zu früh. So stinken nur die Hundehaufen rund um meine Fazer friedlich vor sich hin.

Mao hat angeblich in den Siebzigern angeordnet, dass innerhalb einer Woche alle Hunde aus Peking verschwinden müssen und nach Ablauf dieser Woche alle Vierbeiner einsammeln lassen, die noch auf den Straßen anzutreffen waren. Ich halte das für eine ausgezeichnete Idee. Hoffentlich will unser aller Bürgermeister Ole in Hamburg bald lieber in die Fußstapfen von Mao als in frische Hundehaufen treten.

In den Siebzigern ist auch Onkel Pit verunglückt. Während ich die Fazer starte, übe ich mich im Kopfrechnen. Tante Heidi hat manchmal erwähnt, dass Pit im Jahr 1973 verunglückt ist. Im Frühjahr haben wir seinen Geburtstag gefeiert und neunundfünfzig Teelichter rund um seinen Lieblings-Möhrenkuchen angezündet. Also ist er im Jahr 1950 geboren und war dreiundzwanzig Jahre alt, als er verunglückte. Ich lasse die Fazer einen Moment mit Standgas vor sich hinblubbern, weil mir klar wird, dass ich gerade genau so alt bin wie Pit, als sein Schädel brach. Während ich über die Davidstraße Richtung Reeperbahn fahre, nehme ich mir vor, in diesem Lebensjahr besonders auf meine Schädelknochen zu achten. Das Häuschen von Tante Heidi und Onkel Pit steht nah am Niendorfer Gehege. Keine Gegend, in der ein metropolitaner Szene-Mensch wie ich gerne leben möchte, aber die Bäume und Felder dort sind natürlich toll.

Das Häuschen ist nicht schön und nicht groß, dafür trampeln einem keine Nachbarn auf dem Kopf rum, im Garten kann man auf einer Bank sitzen und mit einem Bier in der Hand dem Sonnenuntergang zusehen und weiter hinten stehen erstklassige Kirschbäume hinter einem von Efeu überwachsenen Schuppen. Dieser Schuppen ist ein wenig geheimnisvoll, weil er verschlossen ist, seit ich Tante Heidi und Onkel Pit besuche und weil man durch die schmutzigen Scheiben etwas im Schuppen stehen sieht. Nur was da steht, ist nicht zu erkennen. Die Fazer trägt mich zuverlässig über die große Ausfallstraße aus dem Zentrum der Stadt in Richtung Niendorf. Über die Fazer kann man nichts Schlechtes sagen, die Yamaha ist ein braves Motorrad, aber seit ich Fulltime bei einem großen Motorradausstatter arbeite, denke ich ständig über eine neue Maschine nach. Denn erstens wird es mir das regelmäßige Einkommen irgendwann möglich machen, ein neueres Motorrad zu kaufen, und zweitens bin ich bei meiner Arbeit dort den ganzen Tag von Motorradfahrern umgeben, die für ihre Maschinen schicke Teile einkaufen. Das weckt ziemlich viele Sehnsüchte. Mein Führerschein ist – dem Gott aller Motorradfahrer sei Dank – seit einiger Zeit unbeschränkt und ich kann theoretisch jedes Motorrad auf der Welt fahren. In meiner engeren Wahl stehen zurzeit ungefähr zwei Dutzend Maschinen, ich muss mich also bloß noch entscheiden und mein Geld zählen.

Als ich in die kleine Nebenstraße einbiege, an deren Ende das Haus steht, verstummen diese Gedanken in meinem Kopf schlagartig. Ich bin unsicher, was mich dort erwartet. Ob Tante Heidi noch im Haus ist? Wie soll ich Pit trösten und wie viel wird er verstehen? Glücklicherweise erwartet mich Nachbar Riep schon in der Auffahrt und versorgt mich mit Informationen, sobald ich den Helm absetze. Er hat vormittags sofort einen Notarzt und die Polizei gerufen, die aber nur den Tod von Tante Heidi feststellen konnten. Später hat die Polizei dann beim sozialen Dienst der Stadt angerufen und weil man keinen Angehörigen erreichte, hat der ein Bestattungsinstitut verständigt. Tante Heidi ist vor zwei Stunden abgeholt worden. Ich folge Riep über die Veranda ins Haus. In der Küche ist alles wie immer. Auf der Spüle trocknet Geschirr auf einem großen Spültuch und es riecht nach Essen und Overstolz-Zigaretten ohne Filter, die in diesem Haus geraucht werden. Ein oranges Päckchen liegt wie immer auf seinem Stammplatz neben dem Fensterbrett, daneben Streichhölzer und der grüne Aschenbecher, den ich als Kind so oft für die beiden geholt habe. Was fehlt, sind Heidi und Pit, die sich auf mich stürzen und mich begrüßen. Heidi hätte mich in die Wange gezwickt und mir zuerst einmal einen starken Kaffee aufgesetzt, egal zu welcher Tageszeit ich das Haus betreten hätte. Und Onkel Pit wäre aufgestanden, aber am Küchentisch stehen geblieben, bis ich zu ihm gegangen und ihn umarmt hätte. Dann hätte er mich mit strahlenden Augen angesehen.

Aus dem Wohnzimmer höre ich eine fremde Stimme und das wohlbekannte Brummen von Pit, mit dem er alles kommentiert, wenn er unzufrieden ist. Ich gehe zur Wohnzimmertür und bleibe auf der Schwelle stehen. Onkel Pit sitzt mit dem Rücken zu mir vornüber gebeugt in seinem Fernsehsessel und hört zu, was eine junge Frau, die ihm gegenüber sitzt, sagt. Die blickt jetzt hoch, steht auf und kommt auf mich zu. Onkel Pit kriegt das mit, dreht den Kopf, sieht mich an und dann ist er auch schon aufgesprungen und in meinen Armen. Ich umarme ihn fest und weiß jetzt, der Tod von Tante Heidi ist bei ihm sehr wohl angekommen. Ich blicke auf seine schütteren Altmännerhaare dicht vor meinen Augen, spüre seine schlecht rasierte Wange auf meiner und mir ist klar, dass ich mich um ihn kümmern werde.

Die Frau stellt sich mir als Mitarbeiterin des sozialen Dienstes vor und erläutert mir, dass sie bereits einen Pflegedienst informiert hat, der ab Montag täglich kommt, bis geklärt ist, wie es mit Onkel Pit weitergeht. Ich kläre mit ihr, dass ich mich über das Wochenende um Pit kümmern werde, und versorge sie mit allen möglichen Namen und Telefonnummern. Meinen Vater, den Bruder von Pit und außer mir einzigen lebenden Verwandten, werde ich später selbst anrufen. Schneller als mir lieb ist, sind die Frau vom sozialen Dienst und Riep aus dem Häuschen verschwunden und ich sitze alleine mit Onkel Pit in der Küche. Er schweigt, hält sich sehr aufrecht und blickt aus dem Fenster. Ich habe keine Ahnung, was in ihm vorgeht, aber irgendwie ist mir gar nicht nach Reden. Pit ist ohnehin ein schweigsamer Mensch. Also sitzen wir ein paar Minuten still zusammen, das ist gar nicht unangenehm. Dann steht er auf und geht zum Küchenschrank. Er holt die verbeulte Kaffeemühle aus dem Schrank und hält sie hoch. „Kaffee?" Seine Stimme krächzt. Ich nicke und beobachte, wie er den Kaffee mahlt und das Wasser aufsetzt. Seit ich ihn kenne, hat er am Küchentisch gesessen, während Tante Heidi den Kaffee für die beiden zubereitete und jetzt steht er dort und macht es selbst. Er vergisst zwar, das Papier des Kaffeefilters in den Porzellanfilter zu stecken und das Kaffeemehl rauscht zusammen mit dem Wasser direkt durch in die Kanne, ich kommentiere das aber nicht. Pit würde es selbst niemals zugeben, aber er leidet unter diversen kleineren und größeren Defekten, die seinen Alltag kompliziert machen. Das Kaffeekochen kann Pit beim ersten Mal nicht gelingen, ich bin mir auch gar nicht sicher, wie lernfähig er mit seiner Beeinträchtigung tatsächlich ist. Viel wichtiger ist mir, dass er es überhaupt versucht und so viel Initiative zeigt. Ich kann dabei zusehen, wie sich sein Leben verändert.

Später sitzen wir auf der Bank im Garten, nippen an dem Kaffee, der wegen des Kaffeemehls ein wenig zwischen den Zähnen knirscht, und blättern in einem Fotoalbum aus Onkel Pits Bücherregal im Wohnzimmer. Aus irgendeinem Grund blättert er das Fotoalbum von hinten nach vorne auf, bis er die gesuchte Seite gefunden hat und das Buch zu mir herüberschiebt. Der Rauch seiner Zigarette brennt mir in den Augen, während ich in eine Zeitmaschine gezogen werde und fassungslos auf eine hübsche junge Frau und einen flotten jungen Mann schaue, die vor den Kirschbäumen und dem Schuppen hier im Garten stehen und ziemlich cool in die Kamera blicken. Das Foto muss vor vielen Jahrzehnten aufgenommen worden sein, bestimmt auch vor Pits Unfall. Wenn ich den Kopf hebe, sehe ich dieselben Bäume, die jetzt mehr als doppelt so groß wie auf dem Foto sind, und den Schuppen, der mittlerweile von einer grünen Decke aus Efeu überzogen ist. Die Hand von Onkel Pit senkt sich über das Foto, er zeigt mit den Fingern, zwischen denen die qualmende Zigarette klemmt, auf die jugendliche Heidi. Er sagt nichts, aber ich lege schnell meinen Arm um ihn. Um ihn abzulenken, zeige ich auf sein Fotogesicht.

„Mensch Pit, du hast da ja die gleiche Frisur wie ich jetzt."

Tatsächlich sehe ich Pit ohnehin ziemlich ähnlich und habe zusätzlich im Moment eine kleine Rockabilly-Tolle. Genau so sieht der Mensch auf dem Foto auch aus. Onkel Pit blickt von dem Foto zu mir und kichert ein wenig. Ich bin froh. Als ich weiter in dem Album blättere, wird klar, weshalb Pit es von hinten aufgeschlagen hat. Auf den vorderen Seiten sieht man nur noch die Fotoecken, die dort einmal Fotos gehalten haben, aber die Seiten sind leer. Das kommt mir zwar merkwürdig vor, aber ich frage nicht, weshalb diese Fotos verschwunden sind. Später legt sich Pit wie jeden Tag um diese Zeit auf das Sofa. Ich sehe ihm zu, wie er daliegt, die spitze Nase zur Decke gestreckt und die Augen geschlossen. Keine Ahnung, ob er schläft. Sicherheitshalber gehe ich auf Zehenspitzen hinaus in den Garten und rufe von dort Elke mit meinem Handy an. Wir sind seit fast zwei Jahren zusammen und sie hat Tante Heidi und Pit in dieser Zeit in ihr Herz geschlossen, deshalb habe ich Angst vor dem Telefonat. Ich atme tief ein und schließe die Augen, während ich mit dem Handy am Ohr im Garten stehe und darauf warte, dass sie abnimmt. Sie meldet sich und es ist ganz einfach, die richtigen Worte zu finden. Als Elke am anderen Ende der Leitung zu weinen beginnt, fließen auch bei mir die Tränen. Ich liebe Elke unter anderem, weil auch die komplizierten Dinge mit ihr ganz leicht sind. Sie verspricht, so bald wie möglich zu uns zu kommen, mir ein paar Sachen von zuhause mitzubringen und unterwegs einzukaufen, damit wir zusammen kochen und zu Abend essen können.

Auf dem Gartentisch liegt immer noch das Fotoalbum, die Seite mit dem Gartenfoto ist aufgeschlagen. Auf dem Foto ist die Tür des Schuppens nicht ganz geschlossen, irgendetwas glänzt im Halbdunkel. Viele Male habe ich als Kind vergeblich durch die Scheiben gelugt. Ich habe das Gefühl, heute ist der Tag gekommen, um das Geheimnis des Schuppens zu lüften. Mit einer verrosteten Gartenschere bearbeite ich den Efeu, der wie eine lebende Wand über der Holztür hängt, bis rund um den Türrahmen ein Spalt in das Gestrüpp geschnitten ist. Ich zerre an der Tür, die sich keinen Millimeter bewegt. Falls sie abgeschlossen ist und ich Pit nach dem Schlüssel fragen muss, breche ich meine eigenmächtige Untersuchung lieber ab. Ich versuche es ein letztes Mal, die verquollene Tür bewegt sich in dem windschiefen Rahmen doch und ich ziehe sie mit aller Kraft nach vorne.

Das milde Licht des Sommerabends bricht in die Dunkelheit des Schuppens, den wahrscheinlich im vergangenen Jahrtausend zuletzt ein Mensch betreten hat. Meine Augen gewöhnen sich langsam an das Zwielicht. Rechts an der Wand steht eine lange Werkbank und Werkzeug vom Schraubenschlüssel bis zum Gummihammer hängt sauber aufgereiht darüber. Am Ende des Schuppens erkenne ich eine Kiste Astra nur an der charakteristischen Form der Flaschen, denn Staub und Spinnweben haben die Bierkiste mit grauem Schnee überzogen. An der Wand hängen eine verknittere schwarze Lederjacke und ein Jethelm. Und in der Mitte des Schuppens steht etwas hüfthoch und länglich unter einer hellen Decke. Ich weiß, dies ist nicht mein Schuppen und vielleicht überschreite ich meine Kompetenzen, aber mir schießen zwei Wörter durch den Kopf, die ich seit langem immer wieder in die Suchmaske von ebay eingebe: Motorrad und Scheunenfund. Meist werden dann dort nur heruntergekommene Bastelobjekte angeboten und ein echter Scheunenfund, ein schlafendes Dornröschen, das man wach küssen könnte, ist nicht dabei.

Die Gier, jetzt einen echten Schatz heben zu können, ist übermächtig. Ohne nachzudenken mache ich die zwei Schritte bis zu dem Ding und reiße die Decke mit einer Bewegung herunter. Ein Eimer voller Staub verteilt sich im Raum und rieselt als silbriger Regen langsam zu Boden. Meine Augen tränen und ich muss husten, aber ich starre fasziniert auf das Motorrad, das unter der Decke aufgetaucht ist. Die klassischen Linien einer Zweizylinder-Triumph sind klar zu erkennen, der Lenker ist ziemlich hoch wie bei einem Chopper und der Rückspiegel hat die Form eines Eisernen Kreuzes. Wenn sich etwas Scheunenfund nennen darf, dann das hier. Total krass!

Ich umrunde die Triumph ehrfürchtig. Es ist sehr wahrscheinlich, dass Onkel Pit mit diesem Motorrad früher gefahren ist, aber warum machten er und Tante Heidi später solch ein Staatsgeheimnis aus der Existenz der Maschine und versteckten sie hier im Schuppen? Die Antwort dämmert mir, als ich auf der rechten Seite der Triumph Schleifspuren an der Fußraste und eine Delle im Tank erkenne: Pit hatte seinen Verkehrsunfall mit diesem Motorrad und Heidi wollte nichts mehr von der Unglücksmaschine wissen, die ihrem Mann den Verstand geraubt hat. Das kann ich irgendwie verstehen, aber hey! Hier steht eine Triumph, eine Ikone der Motorradgeschichte, ungefähr 40 Jahre alt, bis auf kleine Schäden in gutem Zustand, und wartet darauf, wieder auf die Straße zu dürfen. Ich kenne mich mit alten Motorrädern nicht besonders gut aus, aber ich glaube, der verstaubte Schatz vor mir ist eine Bonneville, für lange Zeit das schnellste Motorrad der Welt und der Traum vieler Motorradfahrer.

Vorsichtig klappe ich mit der Hand den Kickstarter nach außen und versuche, ihn mit dem Handballen nach unten zu bewegen. Die Bestandteile des Zweizylinder-Motors sträuben sich zwar dagegen, nach so langer Zeit von der schwächlichen Armkraft eines jungen Mannes wie ich es bin bewegt zu werden, aber ich spüre keine mechanische Totalverweigerung. Als ich kühn meinen Motorradstiefel auf den porösen Gummi des Kickstarters stelle und vorsichtig mit mehr Muskelkraft nach unten drücke, lässt sich der Motor rund drehen. Ich bin entzückt. Ein Schlüssel steckt noch im Zündschloss und als ich an dem Motorrad wackele, gluckert etwas in dem schlanken Tank. Ich weiß, dass man nach so langer Zeit mindestens das Öl wechseln und noch besser den Motor checken sollte, aber ich kann nicht widerstehen. Ich suche nach der Batterie, die ohne Zweifel mausetot ist, aber ich kann sie nicht finden. Die kleine Halteplatte aus Blech, die genau die Umrisse einer Batterie hat, ist leer und es hängen auch keine losen Plus- und Minuskabel in der Gegend. Möglicherweise braucht dieser Motor überhaupt keine Batterie, um zum Leben zu erwachen.

Versuch macht kluch, wie *WERNER* sagen würde. Der Benzinhahn ist ein wunderbar altmodisches Kunstwerk und lässt sich noch leicht öffnen. Ich suche vergeblich nach einem Choke oder sonst einer Starthilfe am Vergaser, gebe die Suche auf und konzentriere mich auf das Ankicken. Eigentlich kenne ich nur das banale Starten eines Motors mit dem Druck auf den Anlasserknopf, aber mir fällt das Wort *oberer Totpunkt* ein und ich kicke vorsichtig, bis der Motor sich spürbar schwerer drehen lässt und hoffentlich das Benzin-Luft-Gemisch so verdichtet, dass es von einem Zündfunken bereitwillig zur Explosion gebracht werden kann. Merkwürdig, dass diese energiespendende Position Totpunkt genannt wird. Ich atme tief ein. Und kicke mit aller Kraft und der irrationalen Hoffnung, diesen Schuppen mit dem markanten Motorgeräusch eines englischen Langhubers füllen zu können. Der Motor dreht einmal, der Kickstarter klackert wieder in seine Startposition und das war es.

Nach so langer Zeit ist es nur fair, dem Motor einen zweiten Versuch zuzugestehen. Wieder kicke ich mit Leibeskräften und die Triumph bedankt sich mit stoischem Schweigen. Beim dritten Mal rutsche ich von der Fußraste und schlage mit dem Schienbein an die Ecke der Fußraste. Verflucht! Ich verliere ein wenig die Kontrolle über mich und trete mehrfach wild auf den Kickstarter.

Plötzlich realisiere ich, dass es im Schuppen dunkler geworden ist. In der Tür steht Pit. Sein Gesicht ist verzerrt, ich bin mir nicht sicher, ob ich Freude oder Angst darin erkenne. Er kommt in den Schuppen und starrt dabei mit weit aufgerissenen Augen auf die Triumph. Wenn ich bisher nur vermutet habe, dass er sich bei einem Unfall mit diesem Motorrad sein Schädel-Hirn-Traum zugezogen hat, dann bin ich mir dessen jetzt sicher. Ich habe Angst, mein Einbruch in den Schuppen und die Konfrontation mit der Triumph könnte seinen ohnehin schon erschütterten seelischen Zustand völlig aus dem Gleichgewicht bringen. Er nähert sich der Triumph und streicht mit einer Hand sanft über den Tank.

„Die Batterie fehlt. Kann die überhaupt so starten?"

Ich hoffe, aufgewühlte Gefühle mit solch einer technischen Frage beruhigen zu können. Außerdem möchte ich wirklich wissen, ob meine schweißtreibende Treterei Sinn macht. Pit nickt heftig.

„Das geht ohne Batterie. Habe ich damals umgebaut."

Dann beugt er sich vor und drückt auf ein kleines Teil am Vergaser. Plötzlich fällt es mir wieder ein, klar, einen alten Vergaser muss man fluten, bis Benzin überläuft, damit ein kalter Motor anspringen kann. Wir beide starren auf den Vergaser, der absolut trocken bleibt, während Pit immer wieder tupft. Schließlich richtete er sich auf und sieht mich mit verschleierten Augen an.

„Kein Benzin", krächzt er. Anschließend schleicht er aus dem Schuppen, den Kopf über die Schulter nach hinten verdreht. Das zeigt, wie hin und her gerissen er ist. Die Triumph zieht ihn an und gleichzeitig beunruhigt sie ihn so sehr, dass er vor ihr flieht. Ich lasse ihn ziehen und prüfe noch einmal, ob Sprit im Tank ist. Es gluckert ohne Zweifel im Tank, also muss irgendwo auf dem Weg in den Motor eine Engstelle sein. Der Vergaser ist ein graues Ungetüm, wie ich es noch nie gesehen habe. *Amal* steht in altmodischen Buchstaben auf einer Seite. Ich erinnere mich an die Tipps zum richtigen Einmotten und Überwintern für Motorräder, die mein Arbeitgeber auf seiner Homepage anbietet und dass man einen Vergaser leerlaufen lassen soll, wenn ein Motorrad für längere Zeit nicht bewegt wird.

Pits Triumph wurde zweifellos eine sehr lange Zeit nicht bewegt. Ich stelle mir vor, dass die Maschine nach dem Unfall von irgendjemand in den Schuppen gerollt wurde und alle viel zu aufgeregt waren, um sich um das Motorrad zu kümmern. Und dass Tante Heidi später die Tür abgeschlossen hat, um die Ursache für Pits Unfall ein für alle Mal aus der Welt zu schaffen. Mir fallen die leeren Seiten des Fotoalbums ein. Vielleicht gab es dort Fotos, die ebenfalls in einem Bezug zu Pits Unfall standen und deshalb entfernt wurden. Merkwürdige Geschichte!

Den Vergaser schaue ich mir später an, zuerst kümmere ich mich lieber um Pit. Zurück im Sonnenlicht sehe ich, dass ich mir um ihn keine Sorgen machen muss. Er steht vor der Verandatür und hat Elke in den Arm genommen, die gerade eingetroffen ist. Ihr blonder Zopf verschwindet fast unter seinen Unterarmen und mir wird bewusst, dass Pit immer noch ein großer und kräftiger Mann ist. Elke weint lauthals, während Pit sanft auf sie einredet. Ich bin sehr froh, als ich sehe, wie er sie tröstet. Irgendwoher nimmt er an diesem traurigen Tag Kraft, die ihm viele Jahre gefehlt hat. Neben Elke stehen Taschen voller Lebensmittel, die Klamotten aus meiner Wohnung und mein Laptop. Ich gehe zu ihnen, umarme die beiden und wir stehen einen Augenblick zu dritt in dem Garten, während um uns herum die Vögel zwitschern. Dann nehme ich die Taschen und trage sie hinein.

Zwei Stunden später rekele ich mich satt und müde auf dem Sofa. Wir drei haben lange über Tante Heidi geredet, dabei viel zu große Portionen Spaghetti gegessen und Rotwein getrunken, bis wir still um den Tisch saßen und aus dem Fenster starrten. Ich bin mir sicher, Tante Heidi hätte sich das genau so gewünscht. Jetzt ist Pit schlafen gegangen und Elke räumt in der Küche herum, damit ich mich ungestört der unschönen Aufgabe widmen kann, meinen Vater anzurufen und ihm von Tante Heidis Tod zu berichten. Die beiden hatten nie ein gutes

Verhältnis und auch mir ist Vater fremd geworden, nachdem Mutter und er sich trennten, als ich noch ganz klein war. Vater lebt in Hamburg, auf der anderen Seite der Elbe in Rothenburgsort, aber trotzdem sehe ich ihn sehr selten. Das hat sich auch nicht geändert, als Mutter vor sechs Jahren starb.

Wenn meine Mutter und Heidi über Vater sprachen, dann immer mit einem vorwurfsvollen Unterton. Ich habe keine Ahnung, warum. Nachdem ich ein gewisses Alter erreicht hatte, habe ich versucht, diesem Familiengeheimnis auf den Grund zu gehen, aber die beiden wollten nicht mit der Sprache herausrücken. Nach einer Weile entdeckte ich, dass es in den Familien vieler meiner Freunde ähnliche Verstrickungen gab. Ich beschloss, dass unausgesprochene, unentwirrbare Spannungen eine Familie überhaupt erst ausmachen und beließ es dabei. Mein Vater ist für mich ein fremder Mann aus einer vergangenen Zeit. Das merke ich auch daran, dass ich seine Telefonnummer nicht auswendig kenne, sondern sie im Telefonbuch meines Handys suchen muss. Er meldet sich nach dem ersten Klingeln mit *Penzer* und mir versagt für einen Augenblick die Stimme. Ich fürchte mich vor dem Gespräch, aber ich bin auch irritiert davon, meinen Nachnamen zu hören, obwohl mir klar ist, dass wir beide denselben Namen tragen.

„Hallo Papa, hier ist Jan."

Ich habe diesen Mann mein Leben lang Papa genannt, auch wenn es mir nicht viel bedeutet. Heute fühlt sich das ein wenig anders an. Unsere Familie ist noch kleiner geworden. Ich überlege, wie ich ihm die Nachricht überbringe und rette mich in die Floskeln, die ich tausendfach in Fernsehkrimis gehört habe.

„Ich muss dir die traurige Mitteilung machen, dass Tante Heidi tot ist. Sie ist heute friedlich gestorben."

Am anderen Ende der Leitung ist es still. Dann räuspert er sich.

„Ach du je. Die Tante Heidi."

Vater ist nicht unfreundlich, aber kann sich ganz offensichtlich keine aufwühlenden Gefühle abringen.

„Wie geht es Pit?", fragt er, und diesmal kann ich in seiner Stimme echte Anteilnahme hören.

„Ganz gut, glaube ich. Elke und ich sind hier, wir kümmern uns um ihn. Es ist auch bereits ein Pflegedienst organisiert, in den nächsten Tagen wird sich zeigen, wie das weitergeht."

Ich schweige , weil ich nicht weiß, was ich noch sagen soll.

„Gut", sagt der Mann am anderen Ende und schweigt ebenfalls. Ich weiß nicht, aus welcher Ecke meines Kopfes meine nächste Frage kommt und bin ein wenig über mich selbst erstaunt.

„Im Schuppen habe ich eine alte Triumph gefunden. Weißt du, warum Heidi und Pit die dort versteckt haben? Und warum Fotos in dem alten Fotoalbum der beiden fehlen? Onkel Pit hat die Triumph gesehen, das hat ihn ganz schön aufgewühlt. Was ist damals eigentlich genau mit Pit passiert?"

Wieder ist Stille in der Leitung, diesmal hat das Schweigen eine andere Qualität. Ich meine zu hören, wie Vater leise nach Luft japst. Vielleicht ist es grausam von mir, aber ich helfe ihm nicht, die Stille zu durchbrechen. Seine Stimme ächzt, als er antwortet.

„Im Keller liegt ein schwarzer Koffer mit Messingbeschlägen. Zumindest gab es ihn dort, als ich zuletzt im Keller war. Mach ihn auf und sieh dir die Sachen an. Morgen können wir darüber reden. Komm um fünfzehn Uhr zu mir."

Ich bin zu verblüfft, um etwas darauf erwidern zu können und so verabschieden wir uns und legen auf. Elke kommt aus der Küche herein und lehnt sich gegen den Türrahmen.

„Wie war es?", fragt sie, während ihre blauen Augen mich fixieren. Ich sehe wohl ein wenig mitgenommen aus.

„Eigentlich ganz gut. Es war ein kurzes Gespräch. Ich habe nach der Triumph und dem Fotoalbum gefragt. Im Keller ist ein Koffer, dessen Inhalt ich mir anschauen soll. Keine Ahnung, um was es da geht."

Elke sieht mich an und lacht.

„Ja und, worauf wartest du? Hast du Angst vor dunklen Familiengeheimnissen? Vielleicht hat Onkel Pit die Raten für die Triumph nicht bezahlt. Oder Tante Heidi ist ohne Führerschein damit gefahren und hat sich auf der Elbchaussee hingelegt."

Ich muss ebenfalls lachen und rappele mich mit meinem Spaghetti-Bauch vom Sofa hoch. Die Treppe in den Keller knarzt wie vor vielen Jahren, als ich mich zum ersten Mal als Kind in die geheimnisvolle Dunkelheit des Kellers getraut habe. Es riecht nach Moder und Staub und als ich mit dem Kopf gegen die Glühbirne stoße, die an einem Kabel viel zu tief von der Decke hängt, schwankt der Lichtkegel durch den Keller wie das verschwindende und wiederkehrende Licht eines Leuchtturms. Der Keller ist so klein, dass ich die Ecke mit dem Koffer schnell finde. Der ist in einen Kartoffelsack eingewickelt und deshalb einigermaßen staubfrei, sobald ich den Sack entfernt habe. Mit dem Koffer in der Hand zwänge ich mich wieder die Treppe hoch.

Im Wohnzimmer hat Elke den niedrigen Tisch vor dem Sofa frei geräumt und unsere Gläser mit Rotwein gefüllt. Ich platziere den Koffer auf dem Tisch und wir beiden setzen uns davor, als spielten wir in einem alten Agentenfilm mit und würden nun geheime U-Boot-Pläne entschlüsseln. Der Koffer hat Schlösser, aber als ich mit beiden Daumen gegen die runden Verriegelungen drücke, springen die in Zeitlupe auf. Ich blicke kurz zu Elke, die mit dem Kopf nickt, dann klappe ich den Deckel des Koffers nach oben. Die Luft darin war sehr lange Zeit gefangen und riecht entsprechend. Obenauf liegt eine Jeansjacke oder etwas Ähnliches. Ich nehme sie vorsichtig aus dem Koffer und falte sie auseinander. Die Ärmel sind von der Jacke abgetrennt, auf dem Rücken ist mit ungeübten Stichen die Hammaburg aus dem Hamburger Stadtwappen aufgenäht und mehr schlecht als recht zu erkennen.

Manche meiner Kunden kommen mit solch einer Kutte ihres Motorradclubs über der Lederjacke in den Laden und machen mit ihrem ganzen Auftreten ihr Recht auf maximalen Respekt klar. Meist sind das dann die sanftmütigsten Kunden überhaupt, im Gegensatz zu manch einem aufgeblasenem mittleren Angestellten, der aggressiv den sofortigen Umtausch eines dreimal reduzierten Sonderangebots verlangt, dass er vor zwölf Jahren bei uns gekauft hat.

Die Kutte lege ich vorsichtig beiseite und fördere als Nächstes einige vergilbte Zeitungsausschnitte zu Tage. Mit Erstaunen stelle ich fest, dass sich das Erscheinungsbild des Hamburger Abendblatts in dreißig Jahren kaum verändert hat, denn die Zeitung erkenne ich sofort und auf dem größten Ausschnitt findet sich das Datum, der fünfte März 1973. Die Meldung ist kurz: *In den frühen Morgenstunden prallte gestern der Rocker Pit P. mit seinem Motorrad gegen eine Mauer in der Nähe des Fischmarkts. Lebensgefährlich verletzt musste der junge Mann ins Hafenkrankenhaus gebracht werden.*

Mengen weiterer Zeitungsausschnitte liegen in dem Stapel, aber jetzt ist mir aus dem Haufen ein Foto entgegengerutscht, auf das ich wie gebannt starre. Elke neben mir stößt einen spitzen Schrei aus, mit dem man Glas schneiden könnte. Das Foto zeigt ganz unverkennbar Pit, der da auf einer Triumph sitzt und uns mürrisch anstarrt, eine brennende Zigarette im Mundwinkel. Er ist mehr als dreißig Jahre jünger als jetzt, trägt langes Haar, das ihm bis weit über die Schultern reicht, seine Jeans hat einen extrabreiten Schlag, der heute schon wieder oder gerade nicht mehr voll angesagt ist, und über seiner Lederjacke mit dem breiten Reißverschluss von der Sorte, die wir heute bei uns im Laden als *Classic Style* verkaufen, trägt er die Kutte aus dem Koffer. Alles in allem zeigt mir das Foto einen Unruhestifter und Public Enemy erster Güte. Mein sanftmütiger Onkel Pit als beinharter Rocker! Ich fasse es nicht.

Mit beiden Händen nehme ich das Foto hoch und studiere Details. Die Triumph auf dem Foto hat noch nicht den Rückspiegel in Form eines Eisernen Kreuzes, aber ansonsten scheint es genau die Maschine aus dem Schuppen zu sein. Elke nimmt ein weiteres Foto aus dem Stapel, stößt mir ihren spitzen Ellenbogen in die Rippen und legt es über das Foto von Pit. Darauf stehen zwei langhaarige Rockertypen Arm in Arm vor einer Schießbude auf dem Dom, im Hintergrund sieht man den Riesenbunker an der Feldstraße, der an die Spielfläche des FC St. Pauli grenzt. Der linke von beiden ist wieder Pit, diesmal ohne Zigarette und mit einem verwegenen Grinsen. Der rechte, mit halb so langen Haaren, Lederjacke, Kutte und einem riesigen silbernen Gürtelschloss ist mein Vater.

2.

Die Uhr in der Taskleiste meines Laptops zeigt 2:33 Uhr morgens. Ich sitze immer noch im Wohnzimmer von Heidi und Pit und nutze den offenen WLAN irgendeines unbekannten Gönners in der Nachbarschaft als Internet-Zugang. Elke ist vor einiger Zeit schlafen gegangen. Sie muss sich ja auch nicht mit der Erkenntnis auseinandersetzen, dass der eigene Vater und Onkel in ihrer Jugend Rocker waren.

Nach dem ich mittlerweile das gesamte Online-Archiv des Hamburger Abendblatts und der ZEIT nach den Suchbegriffen *Rocker* und *Hamburg* durchforstet habe, ist mir klar geworden, dass ein Rocker in den frühen Siebzigern mehr war, als nur ein langhaariger Motorradfahrer mit Lederjacke und Kutte. Mein Vater und mein Onkel waren Teil einer Jugendbewegung, die regelmäßig für Schlagzeilen sorgte. In den Zeitungsartikeln, die auf dem Monitor des Laptops auftauchen, wird von heftigen Prügeleien, Messerstechereien und gewalttätigen Übergriffen jeder Art berichtet. Mal wird ein Jugendlicher von Rockern aus der fahrenden S-Bahn geworfen oder ein Einzelner von einer Gruppe brutal zusammengetreten.

Ganz bestimmt waren nicht alle Rocker in dieser Zeit so gewaltbereit, denn es gab anscheinend ziemlich viele von ihnen. Ich lese von einer *Dienststelle zur Bekämpfung des Rockerunwesens,* die 1968 gegründet wurde und in einer Rockerkartei fast 4.000 Rocker auflistete. Trotzdem lässt mich die Reise in die Vergangenheit von Vater und Onkel schockiert zurück. Die beiden haben sich mir immer als brave Biedermänner präsentiert, spießig und diszipliniert. Wenn der Koffer Fotos von den beiden als bekiffte Hippies preisgegeben hätte, wäre ich wahrscheinlich amüsiert und würde mich über die peinlichen Klamotten kaputtlachen. Aber je mehr ich über die Rockerbewegung lese, desto klarer wird, dass sie einerseits ziemlich radikal und unangepasst war, also irgendwie auch auf Provokation der Gesellschaft und Veränderung abzielte, andererseits manche Rocker einen Schritt weiter gegangen sind und zu Kriminellen wurden.

Im April 1973, also kurz nach Pits Unfall, wurde in einem Klubkeller unter der Apostelkirche in Eimsbüttel ein Kirchenhelfer erstochen. In dieser Zeit kam auch ein Mitglied der Hamburger Rockergruppe *Bloody Devils* aus Kalifornien mit der Erlaubnis zurück, die blutigen Teufel zu Engeln zu machen, indem sie den ersten Ableger der *Hells Angels* in Deutschland gründeten. Und danach war es nicht mehr weit zur organisierten Kriminalität mit Drogenhandel, Schutzgelderpressung und Prostitution. In all dem muss ich jetzt irgendwie meinen Vater und Onkel Pit unterbringen.

Zum hundertsten Mal gehe ich die verknickten Schwarz-Weiß-Fotos aus dem Koffer durch. Die meisten Typen auf den Bildern sind in meinem Alter, junge Männer, die auf dicke Hose machen und posen wie ein Gangsta-Rapper, mit dürren Körpern, aber dicken Sonnenbrillen. Längst nicht jeder scheint ein Motorrad zu besitzen und Pit ist mit seiner Triumph ohne Zweifel ganz weit vorne, während andere Kollegen auf den Fotos versucht haben, eine BMW oder eine Horex als Rocker-Bike zu präsentieren. Eines der Fotos ist hier vor dem Haus aufgenommen und zeigt Pit, wie er gerade losfährt. Wahrscheinlich hat Heidi das Bild gemacht. Der protzige Style auf den meisten Fotos ist mir fremd und peinlich, aber die Männer darauf strahlen eine ungeheure Lebenslust aus und gehören irgendwie zusammen. Das macht mich ein bisschen neidisch, denn dieses Gefühl kenne ich nicht. Natürlich habe ich Freunde und Bekannte, diese Jung-Rocker da auf den Fotos verbindet aber mehr als Freundschaft. Sie sind Teil einer Bewegung, die ihnen Power gibt. Leider taugt ein Begriff wie Jugendbewegung für mich nur noch als Anlass für eine ironische Bemerkung.

Ein Foto in dem Stapel rührt mich besonders an. Fünf junge Männer stehen nebeneinander vor der Hamburger Musikhalle, die jetzt Laeiszhalle heißt, und starren in die Kamera. Der zweite von links ist mein Vater, mit langer Mähne und einem schmalen Schnurrbart, in der Mitte steht Pit, dessen Haar genau wie meins wirr und unzähmbar in alle Richtungen zeigt. Rechts neben ihm grinst ein Blonder mit einem akkuraten Seitenscheitel, neben sich einen langen Typen mit Hakennase. Ganz links steht ein Hüne, die Arme vor der Brust verschränkt. Die Männer stehen dicht nebeneinander und man sieht deutlich, diese Fünf sind in diesem Augenblick füreinander die besten Freunde der Welt. Ich kann mich nicht satt sehen an dem Foto. Ob sie, nachdem die Aufnahme gemacht wurde, gemeinsam in der Musikhalle ein Konzert besucht haben?

Hinter dem Rücken des Hünen kann man einen Teil des Plakates erkennen, das an der Wand vor dem Eingang zur Musikhalle hängt und mit etwas Mühe lese ich *Chuck*. Wer kann da gespielt haben? Für Chuck Norris war es zu früh und dieser Knochenbrecher war auch niemals als Musiker unterwegs. Wie immer, wenn ich im Leben nicht weiter weiß, wende ich mich an Google und gebe *Chuck* in die Suchmaske der Google-Seite auf meinem Laptop ein. Noch während ich zu Ende schreibe, schlägt mir Google Chuck Berry vor. Das könnte hinkommen, der alte Rock'n Roller ist seit Ewigkeiten auf Tournee und wird wahrscheinlich noch auf der Bühne stehen, wenn ich schon längst im Altenheim sitze. Also schreibe ich noch *Hamburg* hinter Chuck Berry, wähle die Bildersuche von Google aus und drücke die Enter-Taste. Das Internet und Google sind ja immer wieder für eine Überraschung gut, trotzdem stoße ich einen Pfiff aus, als ich nur ein wenig herunterscrollen muss, um zwischen den briefmarkengroßen Vorschau-Bildern auf der Seite mit den Suchergebnissen ein Schwarz-Weiß-Foto mit Chuck Berry zu entdecken, der auf der Bühne der Musikhalle steht und rockt. Er trägt ein unglaubliches, kleinkariertes Hemd und eine glitzernde Hose mit Rautenmuster. Und vor ihm vor der Bühne drängen sich schwitzende junge Männer in schwarzer Lederkleidung. Da tanzt mein Vater, den Kopf verzückt zur Seite gedreht. Und Onkel Pit klatscht mit über den Kopf gestreckten Händen, zwischen den Fingern eine Overstolz.

Ich fahre den Laptop herunter und sitze in der Stille des schlafenden Hauses. Warum bloß hat meine Familie die Vergangenheit der beiden Brüder so komplett verheimlicht? Haben Vater und Pit irgendeinen Grund, sich ihrer Jugend als Rocker zu schämen? Ob sie an etwas beteiligt waren, über das sie nie wieder sprechen wollten? Anscheinend war Pits Unfall mit der Triumph der Auslöser dafür, die Pforte zu der Erinnerung an diese Zeit zu schließen. Bestimmt weiß mein Vater mehr über die Umstände des Unfalls, ich werde ihn morgen intensiv danach befragen. Das Foto der fünf wilden jungen Männer stecke ich in meine Jackentasche. Leise räume ich noch ein wenig auf und putze mir in dem altmodischen Badezimmer des Hauses die Zähne. Durch das Badezimmerfenster sehe ich einen gelben Mond am Himmel stehen, ich trete ein letztes Mal auf die Veranda, um die Stimmung im Garten noch einmal in mich aufzusaugen. Vielleicht werde ich doch irgendwann später einmal aus der Steinwüste der Innenstadt wegziehen und ein Nachbar von Bäumen und Pflanzen werden.

Meine friedliche Stimmung verschwindet schlagartig als ich sehe, dass die Tür zum Schuppen halb offen steht. Die habe ich ganz sicher fest verschlossen, als wir am frühen Abend in das Haus gingen. Auf Zehenspitzen gehe ich zum Schuppen, kann dabei im Mondlicht durch die schmutzigen Fenster eine Silhouette erkennen. Als ich vorsichtig durch die offene Tür linse, erkenne ich Pit, der in einem hellblauen Frottee-Pyjama auf der Triumph sitzt. Das Oberteil des Pyjamas hat er falsch herum angezogen, und zwar nicht nur das Innere nach außen gewandt, sondern auch das Vorderteil auf dem Rücken, was ihn zu einer merkwürdigen Haltung zwingt. So aufgeräumt Pit zwischendurch auch erscheint, seine Beeinträchtigung schlägt ihm so manches Mal ein Schnippchen. Ich bin mir nicht sicher, ob ich ihn dort besser alleine lassen soll, aber er hat mich ohnehin gehört und dreht sich um. Auf seinem Gesicht steht die gleiche Mischung aus Freude und Angst wie am Nachmittag, deshalb gehe ich lieber langsam zu ihm und setze mich neben der Triumph auf den Boden. Pit hat sich nach vorne gebeugt und fährt mit der Hand über die Delle im Tank. Mir stellen sich die Nackenhaare auf, als ich ihn leise wimmern höre. Ganz offensichtlich lösen die Spuren des Unfalls etwas bei ihm aus, vielleicht kann er sich sogar an den Hergang erinnern. Ob ich ihn quäle, wenn ich versuche, ihn darüber zu befragen? Wie ich da so sitze und zu Pit hochblicke, merke ich, wie es auch in mir gärt. Das Gespräch mit meinem Vater und der Inhalt des geheimnisvollen Koffers haben mich ganz schön aufgewühlt. Ich fühle mich von meiner Familie belogen und irgendwie stellt das mein Leben in Frage. Was ich dringend brauche, ist die Wahrheit. Ich stehe auf und hole aus dem Haus das Foto von Pit, meinem Vater und den drei anderen Rockern vor der Musikhalle. Das Mondlicht scheint hell genug durch die Fenster, damit Pit das Foto erkennen kann. Er starrt auf die Gesichter und Tränen füllen seine Augen. Trotzdem stelle ich meine Frage: „Pit, was ist damals passiert? Warum habt ihr die Triumph versteckt, weshalb spricht niemand über eure Rockerzeit?"

Pit zeigt auf das Foto, er bewegt die Lippen, aber er sagt nichts. Vielleicht überfordere ich ihn vollkommen und mache alles nur noch schlimmer. Als ich das Foto zurückziehe, hält er mich am Ärmel fest. Der Mann hat einen erstaunlich festen Griff. Er zeigt wieder auf das Foto und tippt mit dem Zeigefinger auf den Hünen links.

„Klaus!", sagt er mit fester Stimme. Das hört sich nicht freundlich an.

„Klaus. In der Kartei. Das Geheimnis", sagt er und verschränkt die Arme vor der Brust. Ich sehe ihn fragend an, aber er wendet den Blick ab. Wenn Pit keine Lust mehr auf etwas hat, blickt er weg und das Gespräch ist beendet. Ich brauche nicht noch einmal zu fragen, mehr ist nicht aus ihm herauszukriegen. Also helfe ich ihm von der Triumph runter und wir gehen gemeinsam durch den Garten zum Haus. Wortlos begibt sich Pit in sein Zimmer und zieht die Tür zu. Ich mache alle Lichter aus und krieche zu Elke in das enge Gästebett. Dort liege ich auf dem Rücken und starre an die Ecke. Was mag in der Rocker-Kartei über diesen Klaus gestanden haben? Es dauert nicht lange, und ich falle in einen Halbschlaf. Ich höre Tante Heidi in der Küche Kaffee mahlen. Ich stehe auf, um nach ihr zu sehen, erstarre aber in der Tür zum Wohnzimmer, weil dort eine Gruppe langhaariger Rocker brav auf Sofa und Stühlen sitzt und auf den Kaffee wartet. Kann ja gar nicht sein, denke ich mir, und schlafe sicherheitshalber sofort wieder ein.

Am nächsten Morgen ist Pit sprachlos und abweisend. Dieses Verhalten kenne ich gut. Pit hat Phasen, in denen er aufgeschlossen ist und zu anderen Zeiten verschwindet er in seiner eigenen Welt. Ich kann mir gut vorstellen, dass ihn die aufwühlenden Ereignisse überfordert haben und er an so etwas wie einem emotionalen Kater leidet. Also bereiten Elke und ich ihm sein Frühstück und lassen ihn ansonsten in Ruhe.

Wir beide trinken unseren Kaffee im Garten. Brütende Sommerhitze liegt über den Bäumen, wir bleiben im kühlenden Schatten. Das richtige Wetter für eine Motorradtour, und sei es auch nur, um am Zollenspieker andere Biker zu beobachten. Am Wochenende ist an diesem Treffpunkt vor einem Fährhaus an der Elbe ja immer Schaulaufen angesagt, vor der Frittenbude stehen die Motorräder Spalier und ich kann begutachten, was meine Kunden mit den Teilen gemacht haben, die ich ihnen verkaufte. Mit meiner Fazer finde ich dort nur Beachtung, wenn ich sie mit viel Schwung in die Elbe fahre, aber mit der exotischen Triumph hätte ich bessere Karten. Es wäre zu schön, mit ihr dort vorzufahren.

Elke begleitet mich, als ich im Schuppen noch einmal die Unfallschäden begutachte. Die Dellen und Kratzer sind technisch unbedenklich, alle Hebel funktionieren einwandfrei. Ich besorge mir aus dem kleinen Werkzeugkasten in der Küche eine Dose Caramba und sprühe großzügig alle Teile ein, die rostig oder angelaufen sind und sich frei bewegen sollten. Wie kriege ich diese englische Lady dazu, mit mir eine Erkundungstour durch Hamburg zu wagen? Ich checke kurz, ob Benzin aus dem Benzinschlauch läuft und ob die Zündkerzen einen gesunden Funken werfen. Weil beides der Fall ist, bleibt nur der Vergaser als Übeltäter übrig. Auch Pit hat gestern akuten Benzinmangel diagnostiziert und zweifellos kennt niemand dieses Motorrad so gut wie er. Also suche ich über der Werkbank nach dem passenden Schraubschlüssel und beginne, den Vergaser abzuschrauben. Die Beschriftung der Schlüssel verwirrt mich, bis mir einfällt, das englische Motorräder ja Gewinde, Schraubenköpfe und Muttern mit Zollgewinde verbaut haben und ich mit den mir bekannten metrischen Größenangaben für Schraubschlüssel nicht weiterkomme. Im Vergleich zu der Vergaserbatterie an meiner Fazer mit ihrer elektronischen Einspritzung ist dieser Einzelvergaser ein solides Stück Handwerkskunst und nach etwas Fummelei habe ich das gute Stück ausgebaut. Schon von außen kann ich jetzt sehen, dass der Dichtungsgummi zur Schwimmerkammer rissig und zerbröselt ist.

Mit dem Vergaser in der Hand trete ich vor den Schuppen. Ich sehe Elke mit Pit im Wohnzimmer sitzen. Sie singt und selbst durch die Scheibe höre ich, dass sie „Pop goes the world" von The Gossip trällert. Glücklicherweise ist Elkes Stimme sehr schön und das Stück a cappella viel ruhiger als das punkige Original. Pit sitzt entspannt auf dem Sofa, er hat lächelnd seinen Kopf zurücklehnt. Den weiß ich in guten Händen. Also beschließe ich, zum Hafen zu fahren und den Vergaser jemandem zu zeigen, der mir garantiert weiterhelfen kann. Im Portugiesenviertel sitzt nah bei Gruner und Jahr die Firma *Single & Twin featuring Niemeyer*, die Jungs dort schrauben vor allem an alten englischen Motorrädern und haben eine Kernkompetenz, die mir als Verkäufer von Neuteilen aus Fernostproduktion gänzlich abgeht. Ich hoffe, dass der Laden an einem Samstag überhaupt geöffnet hat und es nicht zu früh am Tag für die Ladenöffnungszeiten eines Szene-Shops ist.

Der Amal-Vergaser ruht in der großen Brusttasche meiner Textiljacke, während ich mit der Fazer in die City fahre. Ich hoffe, nicht in eines der vielen nervenzerfetzenden City-Events zu geraten, die periodisch die Stadt unbefahrbar machen. Aber ich komme bis zum Hauptbahnhof, ohne dass mir Straßensperrungen für ein Alstervergnügen-Marathon-Hafengeburtstag oder ähnlichen Nervkram den Weg versperrt haben.

Die ganze Zeit geht mir Pits Bemerkung von heute Nacht durch den Kopf. „Das Geheimnis", hat er gesagt. Ob er wirklich noch weiß, was es mit diesem Klaus und seinem Eintrag in der Rocker-Kartei auf sich hat? Wie verlässlich ist seine Erinnerung nach der Schädigung, die der Unfall bei ihm ausgelöst hat? Ich brauche dringend mehr Wissen darüber, was in einem menschlichen Gehirn vor sich gehen kann, wenn der Schädelknochen bricht.

Ich bin gespannt darauf, was mir mein Vater zu sagen hat, wenn ich ihn später an diesem Tag treffe. Meine Empörung darüber, mein Leben lang von einem Familiengeheimnis ausgeschlossen gewesen zu sein, hat sich nicht verflüchtigt. Im Gegenteil, mir fallen immer mehr unverständliche Bemerkungen und Blicke ein, mit denen meine Mutter oder Tante Heidi meinen Vater und Onkel Pit im Lauf der Jahre bedacht haben. Dass mit mir niemand darüber reden wollte, verursacht mir ein merkwürdiges Gefühl im Magen.

In der Rambachstraße stehen wie immer viele Motorräder vor der in british-green lackierten Holztür von Single & Twin, Holzstufen führen hinunter in die Werkstatt. Ab der Tür ist ein Stahlträger als Schiene in die Decke geschraubt, an dem ein elektrisch betriebener Flaschenzug hängt. Ab und zu baumelt ein Motorrad an diesem Flaschenzug, wird den Stahlträger entlang ein paar Meter in den Laden geschoben und dann vorsichtig vom Straßenniveau zur Werkstatt abgelassen. Die Vorrichtung sieht uralt aus und ist ein guter Einstieg in die kleine Zeitreise, die einen im Untergeschoss erwartet. Bei meinem ersten Besuch hier kam ich mir vor, als sei ich in einem Museum gelandet. Alte Motorräder, Motoren, Tanks, Ersatzteile und klassische Motorradkleidung stehen dicht gedrängt in den Räumen wie in einem Museumssaal und die Atmosphäre versetzt einen in die 60er-Jahre des vergangenen Jahrhunderts. Beim zweiten Besuch habe ich ein wenig mit den beiden Besitzern gequatscht, die dort unten an Motorrädern schrauben und sie mit meinen Anfängerfragen wahrscheinlich von der Arbeit abgehalten. Sie waren aber ganz freundlich zu mir – selbst nachdem ich von meiner Fazer erzählt hatte - und so kaufte ich zum Schluss einen kultig aussehenden Aufnäher mit der Zahl *76* ohne zu wissen, wofür diese Zahl eigentlich steht. Erst zuhause hat mir Google gesagt, dass *76 Union Oil* eine berühmte Ölmarke aus dem amerikanischen Rennsport ist.

Jetzt halte ich den Amal-Vergaser wie eine Eintrittskarte hoch, als ich die Treppe heruntersteige, denn diesmal komme ich als ernsthafter Kunde. Irgendein Old School-Rock'n Roll läuft brüllend laut und sorgt für das passende Ambiente in der Werkstatt. Vor dem langen Tresen biege ich rechts um die Ecke, wo auf Hebebühnen zwei Motorräder bearbeitet werden und brülle ein „Moin!" durch den Raum, damit die beiden Schrauber mich wahrnehmen. Der Trick mit dem Vergaser funktioniert. Einer von beiden, es ist Jörg mit seiner schwarzen Brille, der seinen Berliner Ursprung nicht verheimlichen kann, dreht irgendwo die Musik leiser, umrundet seine Hebebühne und begutachtet den Amal, den ich vor mir hochhalte.

„Schönes Stück, sieht jut aus. Sag bloß, du willst den an deinen japanischen Schrott bauen."

Einerseits bin ich pikiert, dass er mir so viel technisches Unverständnis zutraut, einen alten Einzelvergaser an einen modernen Vierzylindermotor zu hängen, andererseits freut es mich, dass er mich anscheinend wiedererkennt und sich daran erinnert, dass ich, nun ja, japanischen Schrott fahre.

„Natürlich nicht. Ich habe im Schuppen meines Onkels eine Bonneville entdeckt, die seit mehr als dreißig Jahren dort herumsteht. Funke ist da, Sprit auch, aber sie springt nicht an.

Mein Onkel meint, es liegt am Vergaser. An diesem Vergaser hier."

Der zweite Schrauber umrundet ebenfalls seine Hebebühne und nimmt mir den Vergaser aus der Hand. Wenn ich mich nicht irre, ist das Michi. Seine Hände sind so früh am Morgen schon tiefschwarz von schmutzigem Fett. Mit dem Handrücken drückt er seine runde Brille auf der Nase zurecht und sieht sich die zerbröselte Dichtung an. Dann beginnt er, die Schwimmerkammer abzuschrauben.

„Wenn das Motorrad nur diesen einen Vergaser hat, ist es keine Bonneville, sondern eine Tiger. Wie sieht das gute Stück denn aus? Etwa so?"

Er zeigt auf eine ziemlich heruntergekommene Maschine in der Ecke, der auf einer Seite der Auspuff fehlt. Trotzdem ist die Ähnlichkeit mit der Triumph im Schuppen eindeutig.

„Für mein ungeübtes Auge ist das genau das Motorrad meines Onkels. Seins ist allerdings in einem besseren Zustand. Bis auf eine Staubschicht ist die Triumph wie neu."

Die beiden sehen mich ungläubig an. Michi hält den Vergaser hoch und lässt mich in das Innere des grauen Gehäuses schauen.

„Sag deinem Onkel, wenn er seine Triumph das nächste Mal für dreißig Jahre einmotten will, soll er vorher das Benzin im Vergaser ablassen. Hier drin ist alles verharzt und verratzt. Da kann die Triumph nicht anspringen."

„Mein Onkel hatte damals keinen Kopf mehr, um sich um sein Motorrad zu kümmern. Im wahrsten Sinne des Wortes. Der ist nach einem Unfall mit der Triumph und einem Schädelbruch nicht mehr so belastbar wie davor. Bis dahin war er wohl ein echter Rocker, zusammen mit meinem Vater. Das hat die ganze Familie aber tunlichst verschwiegen."

Ich habe keine Ahnung, warum ich das den beiden erzähle.

Vielleicht fühle ich mich von der Atmosphäre in dem Laden in die Zeit versetzt, in der Onkel Pit seinen Unfall hatte. Während Michi in einer großen Schublade nach passenden Dichtungen für den Vergaser sucht, zeigt er auf ein Foto, das hinter einem Pfeiler an der Wand hängt.

„Es gab ja auch nette Rocker, wie du siehst."

Ich trete in das Halbdunkel hinter dem Pfeiler. Hier stehen noch mehr Motorräder dicht an dicht, die Lenker alle gleichmäßig eingeschlagen, damit möglichst viele Maschinen auf engstem Raum nebeneinander passen. An der Wand hängen eine Menge alte Schwarz-Weiß-Fotos von Motorrädern und Motorradfahrern, darunter auch ein Poster, dem man ansieht, dass es ein paar Mal den Besitzer wechselte, bevor es seinen Platz hier an der Wand fand. Ein Rocker in voller Montur stützt lässig beide Unterarme auf den hochgezogenen Lenker eines Choppers und starrt finster in die Kamera. Mit seinen langen Haaren, einem hängenden blonden Schnurrbart und einer Piloten-Sonnenbrille ist der sowas von peinlich gestylt, dass es schon wieder lustig ist. Im Hintergrund des Fotos sieht man das Gebäude der Flora im Schanzenviertel, davor einige Buden und ein handbemaltes Betttuch mit der Inschrift *Straßenfest Schanzenviertel*. Bemerkenswert sind die sehr kleinen Hände, die links und rechts auf der Hüfte des Rockers zu sehen sind. Ein kleines Mädchen mit Zahnspange und Zöpfen sitzt hinten auf dem Chopper und lacht.

„Da waren die Angels noch mit ihrem Stadtteil verbunden und ließen Kinder beim Straßenfest in der Schanze hintendrauf mitfahren. Schließlich war in der Schanze ja auch ihre Stammkneipe."

Ich schaue Michi ungläubig an.

„Die Hells Angels hatten eine Stammkneipe im Schanzenviertel? Wo denn, wann denn?"

„Na ja, die waren im *Angels Place* in der Schanzenstraße und im *Pickenpack* am Ende des Schulterblatts, da ist jetzt ein asiatisches Restaurant drin. Das ist allerdings schon ein bisschen her, vor meiner Zeit."

Michi blickt vom Vergaser hoch und fixiert mich kurz über seine Brille.

„Und vor deiner Zeit allemal."

Er präsentiert mir eine Gummidichtung, die perfekt auf den Vergaser passt und macht sich daran, die Düsen mit Druckluft auszublasen. Über den Lärm des Kompressors hinweg brüllt mir Jörg ein paar hilfreiche Informationen über Standschäden an Zweizylindermotoren und die Schwachstellen der Ölversorgung von alten Triumphs ins Ohr. Zum Schluss checken die beiden Schulter an Schulter den Vergaser und stellen mir einen Ölfilter und einen Blechkanister mit Motoröl auf den Tresen. Sie sind zufrieden und entlassen mich mit dem Auftrag, die Triumph bei nächster Gelegenheit einmal vorzuführen. Man merkt, dass sie die Geschichte mit dem Scheunenfund, der in diesem Fall ein Schuppenfund ist, brennend interessiert. So wie ihnen, ist es mir bis gestern auch immer ergangen: Jemand erzählt mir die fabelhafte Geschichte eines seltenen, fahrbereiten Motorrads, das er an einer unmöglichen Stelle entdeckt hat, während ich mich frage, weshalb nicht ich der glückliche Finder bin.

Ich stecke den Vergaser und den Ölfilter in die Jackentaschen, schiebe den Kanister oben in die halb geöffnete Jacke und steige die kurze Treppe hinauf ins Tageslicht. Ein Lieferwagen blockiert die Fazer, deshalb schaue ich dem Fahrer für zwei Minuten dabei zu, wie er Styropor-Kisten voll mit frischem Fisch auf Eis in eines der vielen portugiesischen Restaurants des Viertels trägt. Wieso haben sich bloß gerade hier so viele Portugiesen angesiedelt? Am Ende der Rambachstraße schimmert der Hafen in der Sonne und die *Cap San Diego* blendet mich mit ihren weißen Aufbauten. Vielleicht sind irgendwann einmal Portugiesen von Bord ihres Schiffes gegangen, haben ein paar der Kneipen direkt am Hafen geentert und sich einfach geweigert, diese jemals wieder zu verlassen, bis sie nach und nach auf natürliche Art und Weise in ihren Besitz übergingen. Der Fahrer des Transporters weckt mich aus meinen Tagträumen, knallt die Tür seines Wagens zu und ruft mir ein „Obrigado" zu. Ich winke lässig. Wir Hamburger sind mindestens so relaxt wie die Portugiesen. Manchmal.

Auf dem Weg zurück nach Niendorf gerate ich wieder ins Brüten. Mutter hat mir niemals erklärt, weshalb sie sich damals von Vater trennte. Für lange Zeit war mir das auch egal, beziehungsweise die Gedanken und Gefühle von Erwachsenen waren mir als Kind und Jugendlicher genauso fremd wie die Lieblingssongs eines Alien vom Mars. Aber dann kam eine Phase, in der ich mich fragte, was Mutter Vater vorzuwerfen hatte, weshalb sie das gewiss nicht leichte Schicksal einer alleinerziehenden Mutter wählte und den Kontakt zu meinem Vater auf ein Minimum reduzierte. Ich erinnere mich an einen Streit mit ihr, in dem ich ihr mit typischer pubertärer Ungerechtigkeit die Schuld an meinem Weltschmerz gab und ihr vorwarf, mich durch ihre Trennung um einen Vater gebracht zu haben.

„Nachdem was er getan hat, konnte ich nicht länger bei ihm bleiben", erwiderte sie spontan und verstummte. Danach sprach sie niemals wieder über dieses Thema und ich fand mich damit ab, ein Scheidungskind wie viele meiner Freunde zu sein.

Ich sehe ihr gequältes und auch zorniges Gesicht während dieses Streits vor mir, als mir plötzlich ein Gedanke kommt, der mich augenblicklich anhalten lässt. Was, wenn mein Vater etwas mit Pits Unfall zu tun hat? Wenn er auf die eine oder andere Art sogar die Schuld für Pits Sturz mit dem Motorrad trägt? Plötzlich bin ich mir sicher, die Wahrheit entdeckt zu haben. Alle Anspielungen, Bemerkungen und Wortfetzen passen wie Mosaiksteine zusammen.

Vater fährt Motorrad, allerdings eine Harley (ich weiß, ich bin ungerecht, aber es gibt Motorräder und es gibt Harleys). Er hat im Lauf der Zeit auch ein paar Andeutungen über das Motorradfahren in seiner Jugend gemacht. Wenn man bedenkt, wie gerne Motorradfahrer über Motorräder und ältere Menschen über ihre Jugend reden, war er damit allerdings extrem zurückhaltend. Vielleicht haben sich die beiden ein Rennen geliefert, bei dem Pit stürzte und sich verletzte. Oder es gab einen Streit zwischen den beiden und ... Ich kann nicht weiterdenken, weil mir kein plausibles Szenario einfällt. Und weil mir Empörung wie eine heiße Welle in den Kopf steigt und das Denken unmöglich macht. Ich bin eigentlich ein ruhiger Mensch, aber wenn ich irgendwo Ungerechtigkeit wittere, werde ich schnell ungeduldig und aufbrausend. Übrigens soll Pit genauso gewesen sein, bis zu seinem Unfall. Es fällt mir jedenfalls schwer, meine Fahrtrichtung nicht zu ändern und sofort zu meinem Vater zu fahren, um ihn mit meinem Verdacht zu konfrontieren. Aber ich denke an Pit und an Elke und fahre brav weiter Richtung Niendorf. Meinen Vater sehe ich noch früh genug.

Das Häuschen brütet in der Sonne, als ich mit der Fazer vorfahre. Immer noch erwarte ich, Heidis Gesicht im Küchenfenster zu sehen, wie sie die Gardine beiseite schiebt und mich hereinwinkt. Es wird noch einige Zeit dauern, bis ich mich an das Haus ohne Tante Heidi gewöhne.

Ich lenke die Fazer auf dem schmalen Weg um das Haus herum nach hinten in den Garten. Die Schuppentür steht weit auf. Jemand hat den Efeu radikal entfernt und die Scheiben der kleinen Fenster geputzt. Im Schuppen hockt Pit neben der Triumph. Eine Kunststoffschale aus der Küche steht unter dem Motorblock, schwarzes Motoröl steht zwei Finger breit darin. Pit beobachtet die letzten Tropfen Öl, die träge in die Schüssel fallen. Als er mich wahrnimmt, blickt er hoch und lächelt ganz leicht.

„Altes Öl", sagt er und nickt entschlossen mit dem Kopf.

„Das alte Zeug muss raus!", fügt er hinzu. Wenn ich den Ausdruck auf seinem Gesicht richtig deute, meint der nicht nur das Motoröl seines Motorrads. Ich kriege eine Gänsehaut. Mannomann, wird hier gerade ein Leben durcheinandergewirbelt. Ich zeige ihm den Ölfilter. Er dreht ihn um und besieht sich die Seite, die zum Motor hin festgeschraubt wird. Dann nickt er. Der Mann kennt sich aus, daran ändern auch mehr als drei Jahrzehnte Pause nichts. Den Amal lege ich auf die Werkbank und stelle das Öl daneben, um erst einmal mit Elke zu reden. Die sitzt in der Küche und telefoniert. Ich gebe ihr einen Kuss und setze einen Kaffee auf. An ihren Antworten erkenne ich, dass sie mit ihrer Freundin Gudrun telefoniert und mir fällt ein, dass wir heute Abend mit Gudrun und ihrem Freund Heiko verabredet sind. Ich habe Sven mit seiner Freundin Jasmin eingeladen. Sven arbeitet bei der Konkurrenz, also einem anderen großen Motorradausstatter. Die Bekanntschaft mit Sven verdanke ich dem Treffpunkt am Zollenspieker, wo wir miteinander ins Gespräch kamen. Der Gigastore, in dem Sven arbeitet, liegt nicht weit von meiner Filiale entfernt, und wir treffen uns manchmal mittags in einem Imbiss, der zwischen den beiden Läden liegt. Elke erzählt Gudrun von Heidi und Pit, während ich den Kaffee mache. Am Ende der Geschichte fragt Gudrun offensichtlich nach unserer Verabredung.

„Ich weiß nicht, ob wir Pit heute Abend alleine lassen können. Vielleicht bleiben wir lieber hier und passen auf ihn auf", sagt Elke in das Handy. Dann sieht sie zu mir hoch und schaut mich fragend an. In diesem Augenblick beginnt im Schuppen ein im britischen Meridian gebauter Verbrennungsmotor damit, circa einhundert Mal pro Minute ein Gemisch aus Benzin und Luft zur Explosion zu bringen. Einige Teller im Küchenschrank geraten durch die Vibrationen in Bewegung und geben ein feines Klappergeräusch von sich. Trotz der Hauswände spürt mein Magen das dumpfe Grollen der Triumph bis hierhin in die Küche.

„Ich glaube“, sage ich grinsend, „Pit kann sehr gut auf sich alleine aufpassen.“

3.

Pit sitzt auf der Triumph, die wir in den Garten geschoben haben, und setzt den rechten Fuß auf die Fußraste, während er die Maschine mit dem linken Fuß in der Balance hält. Ich versuche, an seinen Augen und seiner Körpersprache abzulesen, wie es ihm geht. Ohne Zweifel ist er sehr aufgeregt und ich bin mir nicht sicher, ob das ein positiver oder ein negativer Stress für ihn ist. Pit hat normalerweise Probleme damit, sich länger als für ein paar Minuten auf eine Sache einzulassen. An der Triumph haben wir jetzt aber mehr als eine Stunde gearbeitet, schweigend und konzentriert. Als ich mit dem Nummernschild der Fazer in den Schuppen komme und das Alublech am Heck der Triumph befestige, kann ich Pit stoßweise atmen hören. Er hat begriffen, was dieses fremde Nummernschild an der Triumph bedeutet. Nämlich dass er sich auf sein Motorrad setzen und damit über die Straßen Hamburgs fahren kann. Das wäre dann komplett illegal, aber ich bin mir sicher, sein Atem geht nicht schneller, weil er sich vor einer Polizeikontrolle fürchtet. Er fürchtet sich vor der Triumph. Und vor noch irgendetwas anderem.

Ich habe vor unserer Bastelstunde mit Hilfe meines Laptops und Google in einem Schnellkurs mein Basiswissen über ein Schädel-Hirn-Trauma deutlich verbessert und weiß jetzt, dass die meisten Patienten nach ihrem Unfall im Koma liegen und sich anschließend oft an nichts erinnern können. Tante Heidi, Mutter und Vater haben nie davon erzählt, ob und wie lange Pit im Koma lag. Ich zögere, Pit auf seinen Unfall anzusprechen. Meine Fragen sollen ihn nicht quälen und ich misstraue auch meinen eigenen Motiven für diese Neugierde. Will ich Pit helfen, ein besseres Leben zu leben, oder will ich für mich selbst wissen, was mir meine Familie verheimlicht hat und welche Rolle mein Vater gespielt hat? Pits Blick schweift über die Triumph, den Garten und wieder zum Zündschlüssel der Maschine. Seine Augen flackern, trotzdem breche ich das Schweigen.

„Sag mal, Pit, damals, nach dem Unfall …"

Ich muss einen neuen Anlauf nehmen, während Pits Augen wieder durch den Garten irrlichtern.

„Hast du im Krankenhaus lange geschlafen?"

Er wendet mir den Kopf zu und blickt mir in die Augen, aber ich kann den Ausdruck auf seinem Gesicht nicht deuten.

„Ich meine, wie lange hast du im Koma gelegen, weißt du das?"

Zu meiner Überraschung nickt Pit, fällt dann aber in ein brütendes Schweigen. Ich sehe ihm dabei zu und versuche, nicht die Geduld zu verlieren. Schließlich kapituliere ich und hole Luft, um eine neue Frage zu stellen.

„Bis zur Walpurgisnacht", sagt Pit.

Wenn Elke in der längsten Nacht des Jahres am einundzwanzigsten Juni in diesem Jahr nicht ohne mich unterwegs gewesen wäre, um mit Freundinnen eine Walpurgisnacht-Party zu feiern, könnte ich mit dieser Angabe wenig anfangen. Aber so rechne ich kurz nach: Dann hat Pit damals mehr als drei Monate im Koma gelegen! Mir verschlägt es die Sprache. Drei Monate lang in einem Krankenhausbett zu liegen, gefüttert und gewaschen wie eine lebende Leiche, mit offenen oder geschlossenen Augen, während die Haare wachsen und die Muskeln schwinden, um dann plötzlich aus diesem Koma aufzuwachen und ins Leben zurückzukehren, das erscheint mir wie eine

Szene aus einem Horrorfilm. Schwer zu glauben, dass Pit in solch einem Film mitgespielt hat.

„Kannst du dich an den Unfall erinnern?"

Ich frage mit tonloser Stimme, vorsichtig und beiläufig. Pit lässt den Kopf sinken und starrt auf den Tank der Triumph. Wieder warte ich, bis ich kurz davor bin, vor Ungeduld zu platzen. Diesmal kommt mir Pit nicht zuvor.

„Was ist geschehen, als die Triumph ins Rutschen kam? Warst du alleine unterwegs?"

Pit blickt weiter auf den Tank zwischen seinen Beinen, dann nickt er unmerklich. In mir breitet sich unendliche Erleichterung aus. Mein Vater scheint nicht anwesend gewesen zu sein, als Pit zu Boden ging.

„Dann war das einfach nur ein Unfall? Du bist gerutscht und hingefallen?"

Meine Erleichterung fällt in sich zusammen, als Pit langsam aber deutlich den Kopf schüttelt. Ich habe plötzlich keine Geduld mehr für rücksichtsvolles Verhalten.

„Aber was ist dann geschehen? Was hat man dir angetan?"

Pit kratzt sich mit zwei Fingern über den Schädel. Es ist eine verlegene Geste, die man macht, wenn man nach den richtigen Worten sucht, aber mir kommt es so vor, als würde er die Narben seines Schädelbruchs abtasten. Pit kratzt sich immer heftiger am Kopf, bis sein gesamter Oberkörper ins Schaukeln gerät. Dabei stößt er wimmernde Laute aus und verdreht die Augen. Ich habe etwas in ihm ausgelöst, das ihm und mir Angst macht. Ich wünschte, ich könnte es stoppen, aber ich habe keine Ahnung, wie das gehen soll. Hilflos umarme ich Pit und helfe ihm nach einer Weile von der Triumph. Wie einen erschöpften Marathonläufer bringe ich ihn zurück in das Haus. Elke sieht uns über die Veranda kommen und springt entsetzt auf, um die Glastür aufzuhalten.

„Um Gottes Willen, was ist geschehen?", ruft sie und hilft, Pit zu seinem Sofa zu bringen. Ich warte mit der Antwort, bis er dort liegt und starr zur Decke aufblickt.

„Ich habe ihn gefragt, ob er sich an seinen Unfall erinnert. Das hat ihn ganz schön durcheinander gebracht. Ich sollte ihn in Ruhe lassen."

Elke zieht mich von dem Sofa fort, ich weiß, dass sie mir draußen eine Standpauke halten wird und damit Recht hat. Als wir schon fast auf der Türschwelle zum Garten sind, hören wir Pits Stimme.

„Ich wollte es sagen. Was in der Kartei steht. Wegen Klaus."

Ich drehe mich um, weil ich nachfragen will, aber Elke greift mein Handgelenk mit einer Kraft, die ich noch nie bei ihr gespürt habe, zieht mich nach draußen und schließt die Verandatür. Sie steht vor mir und redet auf mich ein. Ich sehe, wie sie die Lippen bewegt und höre auch ihre Stimme, aber ich verstehe kein einziges Wort. Mein Blut rauscht in den Ohren und meine Gedanken rasen, so dass ich nichts anderes mehr wahrnehmen kann. Pit wollte damals etwas über diesen Klaus und seinen Eintrag in die verdammte Rocker-Datei weitergeben und wurde dabei von dem Unfall gestoppt. Aber auf welche Weise? Ist das, was Pit zugestoßen ist, überhaupt ein Unfall gewesen?

„Rücksicht nehmen … Belastung … Tante Heidi …"

Langsam höre ich wieder etwas von dem, was Elke mir an den Kopf wirft. Ich blicke zu Boden und nicke. Sie hat ja Recht. Statt Pit bis ins Innerste aufzuwühlen, sollte ich jemanden befragen, der damals höchstwahrscheinlich sehr nah am Geschehen war und ohne eine Verletzung daraus hervorgegangen ist. Auf meinen Vater werde ich weniger Rücksicht nehmen als auf Pit. Ich küsse Elke und sie verstummt.

„Ich besuche jetzt meinen Vater. Der soll mir helfen, Licht in das Dunkel zu bringen. Vorher fahre ich noch kurz zuhause vorbei und sehe dort nach dem Rechten. Kannst du hierbleiben, bis ich zurück bin?"

„Natürlich", sagt sie und lächelt bereits wieder. „Hier kann man es gut aushalten."

Sie zeigt auf den Garten, in dem sich die Bäume im leichten Wind dieses Sommertages wiegen. Ich küsse sie noch einmal. Wie froh ich bin, dass sie in dieser ganzen Verwirrung bei mir ist. Dann hole ich meine Jacke und den Helm und stehe unschlüssig vor dem Kennzeichen meiner Fazer, das jetzt am Heck der Triumph befestigt ist.

Normalerweise bin ich niemand, der wegen einer roten Ampel oder zu hohem Tempo in der Stadt seinen Führerschein riskiert. Wenn ich jetzt mit diesem Oldtimer losfahre und aus irgendeinem Grund einem Gesetzeshüter auffalle, bin ich meinen Lappen ohne jeden Zweifel los. Wahrscheinlich summiert sich das Fahren ohne Zulassung und Versicherung sogar zu einer Strafe, die meine Pläne für ein neues Motorrad um einige Jahre zurückwirft. Trotzdem lasse ich das Nummernschild an der Triumph und beschließe, mit der Donnerkiste loszufahren. Natürlich bin ich gespannt darauf wie es ist, mit einer alten Triumph durch Hamburg zu fahren, aber das ist nicht der wahre Grund für dieses Wagnis. Vielleicht will ich meinem Vater zeigen, dass die Vergangenheit noch lebendig ist und nicht länger verdrängt werden kann.

Jedenfalls funktioniere ich plötzlich wie auf Autopilot. Ich gehe in den Schuppen und hole Pits Jacke und den Jethelm. Die Jacke riecht extrem muffig und der Helm hat sein Verfallsdatum wahrscheinlich um einige Jahrzehnte überschritten, aber das ist mir egal. Als ich dastehe und meine Brieftasche und das Handy in Pits Jacke verstaue, kommt Elke mit der alten Kutte aus dem Koffer in der Hand aus dem Haus. Wir blicken uns an und ich weiß, wir brauchen kein Wort zu sagen. Sie hat verstanden, was in mir vorgeht. Wie eine Garderobenfrau hilft sie mir in die Kutte. Jacke, Kutte und Helm passen, als wären es meine eigenen Klamotten. Allerdings rieche ich so streng, dass ich meinen Integralhelm mit dem herunterklappbaren Visier vermisse. Dann öffne ich den Benzinhahn der Triumph und spiele mit dem Tupfer, wie ich es bei Pit gesehen habe.

Ich brauche einige Kicks, bis die Triumph wieder ihr Donnern in die Stille der Einfamilienhaus-Siedlung tönen lässt. Das Motorrad vibriert wie ein nasser Hund, der sich am Ufer der Elbe trockenschüttelt, zumindest kommt es mir als verwöhntem Fahrer eines japanischen Reihenvierzylindermotors so vor.

Ich schiebe die Triumph über den Kiesweg zur Straße, weil ich hoffe, auf diese Weise Pit nicht zu wecken, aber als ich vor dem Haus ankomme, steht er bereits hinter der Fensterscheibe seines Zimmers. Diesen Gesichtsausdruck kenne ich mittlerweile schon. Er würde wahrscheinlich in diesem Moment gerne selbst auf der Triumph sitzen. Und gleichzeitig möchte er keinen Meter näher an das Ungetüm heran. Ich ziehe die Kupplung, lege vorsichtig den Gang ein und schiebe die Triumph dabei ein Stück nach vorne, weil die Kupplung nach so langer Standzeit bestimmt nicht sauber trennt und ich das Motorrad nicht vor den Augen von Pit abwürgen möchte.

Im Fenster sehe ich Pit und daneben spiegele ich mich selbst in dem Fensterglas. Für einen Augenblick bin ich irritiert, weil mein Bild eine perfekte Kopie des Fotos aus dem Koffer ist, auf dem Pit mit der Triumph gerade losfährt. Nicht nur das Motorrad, sondern auch meine Silhouette und Körperhaltung sind genau wie auf dem Foto. Ich bin ein Teil dieser Familie, daran gibt es keinen Zweifel. Mein Nicken in Richtung Pit bleibt unbeantwortet, als ich Gas gebe. Er steht da und sieht sich dabei zu, wie er nach Hamburg fährt.

Die Sonne brütet über Hamburg, während ich die Triumph

Richtung Innenstadt lenke. Ich lasse sie sehr vorsichtig rollen, horche auf merkwürdige Geräusche vom Motor, die ein Problem ankündigen könnten und versuche, mich mit dem fremden Fahrzeug vertraut zu machen. An der Triumph ist alles handfest, kantig und grob, ganz anders als das weichgespülte japanische Perfektionsmotorrad, mit dem ich sonst unterwegs bin. Alles rüttelt vor sich hin, der Motor ist laut, das Schalten verdient die Bezeichnung *Schaltvorgang* und die Bremsen sind okay, solange ich bei flotter Mofageschwindigkeit bleibe und die Motorbremse kräftig mitnutze. Aber ich sitze gut, das Fahrwerk ist erstaunlich handlich und der Motor zieht kräftig von unten heraus los. Hohe Drehzahlen sind, anders als bei der Fazer, nicht nötig, und das macht echt Spaß.

Ich treibe also mit dem Autoverkehr mit und bewege mich auf den Fernsehturm zu, der als grobes Ziel den Weg zur Innenstadt weist. Unterwegs wird der Verkehr dichter und der Hamburger Baustellenwahnsinn behindert mein Fortkommen. Aus irgendeinem Grund erhalten gerade die am meisten befahrenen Straßen regelmäßig immerwährende Baustellen, die den Verkehr auf eine Spur zwingen und gut befahrene Kreuzungen blockieren.

Das Universitätskrankenhaus zieht vorüber und das ist auch gut so: Dies ist kein Ort, mit dem ich als Motorradfahrer etwas zu tun haben möchte. Ich mache einen kleinen Schlenker am Schlump vorbei und fahre durch das Schanzenviertel. Denn erstens sehnen sich meine Augen nach einem Tag in Niendorf nach dem echten Hamburg, nach Szene und Kiez, nach Dreck und Drogen, nach bunt und jung. Und zweitens gibt es in ganz Hamburg keinen besseren Laufsteg, um mit einer alten Triumph und authentischer Rockerkluft gesehen zu werden.

Auf dem Schulterblatt ist der Autoverkehr gewohnt dicht und ich habe Anlass, im Schritttempo an den dicht besetzten

Straßencafés und Kneipen entlangzufahren. Viele Köpfe drehen sich um, als das Donnergrollen der Triumph an der alten Flora vorbeizieht und man blickt mir hinterher, während ich lässig mit einer Hand am Lenker dahinrolle und gleichmütig geradeaus blicke.

Vom Schulterblatt sind es nur ein paar Minuten Fahrzeit bis zu meinem Viertel. St. Pauli ist ein Mythos, für mich als Bewohner aber ganz einfach meine Heimat. Wenn ich könnte, würde ich in meinen Pass als Heimatland *St. Pauli/Hamburg/ Deutschland* schreiben, denn in dieser Reihenfolge empfinde ich auch meine Zugehörigkeit. Der Stadtteil ächzt unter den Spannungen zwischen Arbeitslosen und Immobilienhaien, Schickeria und Obdachlosen, Rentnern und Prostituierten. Die Touristenattraktion Reeperbahn, zu der Musical-Besucher aus ganz Deutschland in Reisebussen gekarrt werden, ist nur noch eine mitleiderregende Leiche. Aber die Menschen hier sind großartig. Man kennt sich, man interessiert sich für den anderen und ist freundlich, soweit man das als Hamburger zeigen kann. Selbst im Supermarkt auf der Ecke begrüßen mich die Verkäufer, als wäre ich der Kunde im Tante-Emma-Laden eines Dorfes im Wendland.

Das Stadion des FC St. Pauli zieht an mir vorüber, ungenutzt und leer, dann kreuze ich die Reeperbahn und fahre von hinten an meine Lieblingstankstelle heran. Die Esso dort hat 24 Stunden am Tag geöffnet und ist mittlerweile selbst eine Attraktion auf dem Kiez, die es bis zum Hauptdarsteller in diversen Fernsehsendungen gebracht hat.

Je nach Uhrzeit ziehen dort die Kiezgänger in allen Aggregatszuständen durch und holen sich Alkohol, Zigaretten, Kondome und was sonst noch alles gerade dringend benötigt wird. Ich könnte stundenlang vor der Tankstelle stehen und dem bunten Treiben zugucken.

Heute habe ich allerdings einen eigenen Auftritt und bin eher Akteur als Zuschauer. Schon als ich die Triumph vor einer Zapfsäule ausrollen lasse, wird mein Erscheinen von einer Gruppe Obdachloser auf der anderen Straßenseite mit Gegröle kommentiert. Ich ignoriere das komplett und widme mich dem Tankdeckel, der zwar nicht verschließbar ist, sich aber trotzdem nur schwer öffnen lässt. Der Gummi auf der Rückseite des Deckels ist trocken und eingerissen und teilweise eine feste Verbindung mit dem Blech des Tanks eingegangen.

Als ich den Deckel endlich vom Tank getrennt habe, starre ich einen Moment auf die Zapfsäulen. Ist Normal die Benzinsorte meiner Wahl oder ist eher Super besser für den alten Motor? Wahrscheinlich sollte ich sogar einen Bleizusatz in den Sprit kippen, aber damit kenne ich mich nicht aus. Bis zu meinem Vater nach Rothenburgsort wird die Fahrt ohne Zusatz wohl gutgehen. Also entscheide ich mich für Super und fülle für zehn Euro Sprit in den Tank.

Für umgerechnet zwanzig Mark konnte man den Tank bei seiner letzten Fahrt wahrscheinlich noch zum Überlaufen bringen, aber heute gluckert er nur halb gefüllt vor sich hin. Der Deckel lässt sich wieder auf den Tank fummeln, nachdem ich sicherheitshalber einige Gummistücke abgebröselt habe.

Kleider machen Leute, merke ich, als ich ungewohnt breitbeinig Richtung Kasse stolziere. Mit dieser Lederjacke und der Kutte kann ich einfach nicht länger in meinem üblichen *Ich bin Verkäufer-Was kann ich für Sie tun?-Gang* unterwegs sein.

Einer der Stadtstreicher ist von seinem Platz in der Gruppe auf der anderen Straßenseite aufgestanden und zielstrebig über die Straße zu mir herübergekommen. Ein älterer Mann, mit dem zerstörten Gesicht eines Menschen, der seit langer Zeit bei Hitze und Kälte draußen schläft. Sein langes Haar ist grau und reicht ihm bis über die Schultern. Unter dem Bundeswehr-

Parka, den er trotz des Sommerwetters trägt, sehe ich eine ausgeblichene blaue Jeansjacke. Der Mann bleibt wenige Meter vor mir stehen und starrt mich an. Ich lasse mich in meinem Django-Gang nicht aufhalten und stolziere an ihm vorbei.

„Teufel auch, bist du das?“, krächzt der Parka-Träger in meine Richtung. Ich bin solche Ausbrüche von vielen Männern, die auf dem Kiez Platte machen, eigentlich gewohnt, aber in dieser Stimme schwingt echtes Entsetzen.

„Bist du nicht tot? Wo bist du all die Jahre gewesen?“

Während ich ihn hinter mir lasse und die Tankstelle betrete, wird mir klar, was mich an der Stimme des Mannes so irritiert: Sie ist vollkommen nüchtern. Das bunte Treiben vor der Kasse lenkt mich ab und ich beobachte gutmütig, wie sich ein schwankendes Paar vor mir mit viel Mühe für die richtige Kombination aus kleinen Schnapsflaschen und Schwarzer-Krauser-Tabak entscheidet. Django kennt nämlich keine Ungeduld. Die Frau vor mir dreht sich um, während ihr Stecher bezahlt, und sieht mit gerötetem Gesicht zu mir hoch.

„Aller, bissu wasserscheu, oder was is hieää los? Du stiiiiiinkst, das is der Hammer!“

Ihr Typ dreht sich jetzt auch um und ich kann sehen, wie sein benebeltes Gehirn auf Hochtouren arbeitet. Einerseits möchte er vor seiner Frau den Dicken machen, andererseits starrt er zweifelnd auf meine Lederjacke und die Kutte. Ich fühle mich immer noch wie Django und offensichtlich strahle ich das auch aus, denn er startet einen Deeskalierungsversuch.

„Mach dich mal locker, Trude. Lass den Mann doch, wenn er nicht duschen will. Is vielleicht gegen seine Religion oder sowas. Los jezz, wir müssen …“

Die beiden schieben sich an mir vorbei, während die Frau wie einen Sirenenton noch ein „Der stiiiiiinkt!“ ausstößt. Sie hat bestimmt Recht. Pits Jacke und Kutte sind noch nicht lange genug gelüftet worden. Der Mensch hinter der Kasse verzieht keine Miene. Wahrscheinlich war unser kleiner Auftritt viel zu gemäßigt, um seine Aufmerksamkeit zu erregen.

Ich bezahle und mache mich wieder auf den Weg nach draußen. Durch die Schiebetür aus Glas sehe ich, dass sich der Parka-Mann nicht von der Stelle bewegt hat. Er hält sich eine Hand an das Ohr und spricht immer noch. Als die Glastür vor mir zu Seite gleitet und ich nach draußen trete, erkenne ich ein Handy in seiner Hand. Ich habe zwar noch nie einen Obdachlosen mit einem Handy gesehen, aber eigentlich sollte mich das nicht überraschen. Wenn schon jedes Kind ein eigenes Handy hat, warum dann nicht auch der Parka-Mann?

Der spricht so laut in das Handy, dass ich jedes Wort verstehen kann.

„Ich schwöre bei Gott, ich bin nüchtern wie ein Bügelbrett. Das ist er und das ist seine Triumph.“

Wie vom Blitz getroffen bleibe ich stehen. Was redet der da? Ich starre den Mann an. Die Triumph steht hinter ihm vor der Zapfsäule und sieht ziemlich cool aus. Ich rieche den scharfen Geruch von Pits Rocker-Kutte, deren Jeansstoff so lange in einem Koffer im Keller versteckt lag. Unter dem Parka des Mannes vor mir lugt ebenfalls eine verwaschene Jeansjacke hervor. Ohne nachzudenken, mache ich einen Schritt und packe den Mann an den Schultern.

„Du kennst Pit? Und das Motorrad? Wer bist du? Mit wem sprichst du da?“

Ich bin mir selbst fremd, wie ich da einen Unbekannten angehe und ihn an den Schultern rüttle. Aber so etwas wie Wut ist über mich geschwappt und hat mich mitgerissen. Diese Wut kommt auch bei dem Parka-Mann an, denn er reißt sich los, so dass das Handy scheppernd über den Asphalt rutscht, und rennt davon. Ich mache einen Schritt, um ihm hinterherzulaufen, blicke dann aber zur Triumph und breche meinen Start ab. Die Gruppe auf der anderen Straßenseite hat den Zwischenfall beobachtet, verharrt aber schweigend an Ort und Stelle. Ich gehe zu dem Handy und hebe es auf.

„Hallo ...", sage ich, und blicke dabei finster zu den Gestalten auf der anderen Straßenseite herüber, „... wer ist da?"

Aus der Leitung kommt nur Rauschen. Ich presse das Handy an mein Ohr, bis ich höre, dass die Verbindung noch steht. Ich kann Atemgeräusche hören, der Mensch am anderen Ende hat nicht aufgelegt. Hinter mir auf der Reeperbahn quietschen Reifen und wütendes Hupen ertönt. Ich brauche einen Augenblick, bis ich begreife, dass ich dasselbe Hupen auch durch das Handy höre. Wen auch immer der Parka-Mann angerufen hat, der Angerufene steht in diesem Augenblick höchstens einhundert Meter von mir entfernt auf der Reeperbahn.

Ich überlasse die Triumph und den Helm ihrem Schicksal, presse das Handy weiter an das Ohr und renne los bis zur Straßenecke. Bei dem schönen Wetter sind die Bürgersteige voller Menschen, die in alle Richtungen drängen. Meine Augen irren von links nach rechts. Ich suche einen Mann, der ein Handy in der Hand hält, aber ich kann in dem Gewühl nichts erkennen. Verzweifelt springe ich auf einen Blumenkübel vor mir, in dem vertrocknetes Unkraut ums Überleben kämpft, und versuche, von hier aus mehr zu sehen.

„Hier bin ich! Kannst du mich sehen? Komm her, du Feigling! Ich finde dich sowieso!"

Ich brülle über den ganzen Platz und springe dabei wie ein Derwisch auf dem Blumenkübel auf und ab. Das Handy ist tot. Der Mensch am anderen Ende hat aufgelegt.

Ein brüllender Mann gehört auf dem Kiez zu den durchaus üblichen Phänomenen und niemand stört sich an meinem Gehopse. Ich steige wieder von dem Blumenkübel herunter. Das

Handy des Parka-Mannes war schon vor vielen Jahren ein Auslaufmodell, die Menü-Führung funktioniert nach einem unbekannten und unerklärlichen Prinzip, deshalb brauche ich einen Augenblick, bis ich die Wahlwiederholung gefunden habe und die zuletzt gewählte Nummer anrufen kann. Leider höre ich nirgends in meiner Nähe ein klingelndes Handy, das mich zu dem schweigsamen Atmer führt und natürlich geht der auch nicht wieder an den Apparat. Ich höre noch nicht mal ein Rufzeichen, egal wie lange ich das Handy an mein Ohr drücke und lausche, springt keine Mailbox an und keine freundliche Frauenstimme informiert mich darüber, dass der gewünschte Gesprächsteilnehmer vorübergehend nicht erreichbar ist. Die Leitung bleibt einfach mausetot. Ich stecke das Handy in die Tasche und beschließe, mich später um seinen Besitzer zu kümmern.

Die Triumph und der Helm finden sich noch unversehrt vor der Zapfsäule. Die Gruppe Obdachloser ist von ihrem Versammlungsort vor der Tankstelle verschwunden. Während ich Pits Helm aufsetze und den Kinnriemen verschließe, überkommt mich ein merkwürdiges Gefühl. Ist jemand leise hinter meinem Rücken an mich herangetreten und steht jetzt hinter mir? Abrupt drehe ich mich um, aber da ist niemand. Passanten flanieren auf dem Bürgersteig, ein fetter Mercedes fährt langsam vorbei. Meine Wahrnehmung ist von der ganzen Aufregung wahrscheinlich überreizt, denn ich habe das Gefühl, beobachtet zu werden. Mein Blick schweift vergeblich nach allen Seiten die Straße entlang auf der Suche nach einem Augenpaar, das mich fixiert.

Vor noch nicht einmal vierundzwanzig Stunden habe ich die Tür zu Pits Schuppen geöffnet und damit eine Menge Geister der Vergangenheit in mein Leben gelassen. Das scheint meinem Nervenkostüm nicht besonders gutgetan zu haben.

4.

In meiner Wohnung gibt es keine Anrufe auf dem Anrufbeantworter und keine Post, die ich dringend öffnen muss, also kündige ich mich mit einem Telefonanruf bei meinem Vater an und stehe schnell wieder auf der Straße, um die Triumph zu starten. Bevor ich den Helm aufsetze, höre ich endlich noch einmal das Geräusch, wegen dem ich viele Monate nach einer Wohnung nah der Elbe gesucht habe: Einer der Riesenpötte auf dem Fluss betätigt sein Schiffshorn und ein warmer, kellertiefer Brummton wabert über das Wasser und lässt meine Magengrube vibrieren. Oh du mein Hamburg, so spüre ich dich bis ins Mark!

Wenig später überquere ich die Bille auf dem Weg nach Rothenburgsort. Seit ich denken kann, wohnt mein Vater in diesem Hamburger Stadtteil mit seinem eigenen Hafen, einem Deich und einer Schleuse. Die Triumph hält sich wacker auf ihrem ersten längeren Ausritt seit so langer Zeit. Ich bin gespannt, wie mein Vater auf das Motorrad reagieren wird.

Wenn ich ihn als Kind besucht habe, stand meist seine aktuelle Maschine vor der Tür und er ließ mich am Gasgriff drehen, obwohl ich mich selbst vor dem Lärm erschreckte, den die kleine Bewegung meiner Kinderhand produzieren konnte. Das Motorrad sorgte immer für eine Verbindung zwischen uns beiden, es war ein Anknüpfungspunkt, der ohne Anstrengung das Gefühl von Fremdheit und Trennung überwand.

Mein Vater war es auch, der mir gegen den Willen meiner

Mutter ein Mofa spendierte. An meinem Geburtstag lag ein Brief von ihm im Briefkasten und schon bevor ich den Umschlag öffnete, konnte ich den harten Gegenstand darin ertasten und wusste, dass es ein Schlüssel war. Als ich die Treppe heruntergerannt war und mit dem Schlüssel in der Hand auf die Straße trat, stand dort eine Herkules mit Zweigang-Schaltung, also fast schon ein richtiges Motorrad, mit einem Kettenschloss am Zaun vor dem Haus angebunden. Der Schlüssel passte zu der Kette, einen Helm hatte ich schon längst und so konnte meine Zweirad-Karriere beginnen – zunächst ohne das Wissen meiner Mutter, die mich erst nach einer guten Woche auf der Herkules erwischte und somit vor vollendete Tatsachen gestellt wurde.

Ihre Furcht vor einem Zweirad hat sich aber niemals gelegt, egal ob ich später mit meiner kleinen 125er Honda oder der gedrosselten DR unterwegs war und mich ihr gegenüber immer als besonnenen Verkehrsteilnehmer darstellte. Bisher habe ich das für normale mütterliche Hysterie gehalten, den Ausdruck genetisch bedingter Motorrad-Phobie, der bei vielen weiblichen Personen im Umfeld von Motorradfahrern zu finden ist. Vielleicht gibt es für diese Ängste meiner Mutter eine besondere Erklärung? Mein Vater wird mir einiges zu erklären haben.

Rothenburgsort beachtet meine Einfahrt mit der Triumph nicht besonders, dafür ist dieser Stadtteil auch am Wochenende zu verschlafen. Meinen Vater treffe ich vor seiner Wohnung an, er hat einen Motorradhelm auf dem Kopf und ist gerade dabei, sein Motorrad startklar zu machen. Ich weiß, dass er seit ein paar Jahren eine Harley besitzt, aber ich habe ihn noch nie damit fahren sehen. Als ich die Triumph neben seinen Chromdampfer stelle, richtet er sich auf und kommt zu mir herüber. Mein Vater ist wie sein jüngerer Bruder Pit ein großer Mann mit einer spitzen Nase. Sein grauer Bart ist vom Kinnriemen des Helms zweigeteilt und ragt lustig zur Seite. Er scheint unverändert, wie seit vielen Jahren schon. Vielleicht ist sein Bauch ein wenig dicker geworden.

„Moin!“, sagt er und grinst hilflos. Er starrt entsetzt auf die Triumph und die Kutte. Zu sagen, dass er sich bei dem Anblick nicht wohl fühl, wäre deutlich untertrieben. Ich kann sehen, wie er sich zusammennimmt, um mein Erscheinungsbild nicht zu kommentieren.

„Moin!“, antworte ich und als ich ebenfalls zu grinsen versuche, merke ich, wie geladen ich bin. Wie beginne ich dieses Gespräch? Als ich am Kinnriemen meines Helms fummle, um ihn abzusetzen, legt er mir eine Hand auf den Arm.

„Lass den Pott man auf. Wir fahren gleich ums Eck in den Park. Sind mit Freunden von mir verabredet.“

Als er meinen zweifelnden Blick sieht, tritt er noch ein wenig näher.

„Mit Freunden von mir und Pit, um genau zu sein. Im Park können wir besser reden.“

Ich zucke mit den Schultern und sehe ihm dabei zu, wie er die Harley startet. Der mächtige V-Motor röhrt wie ein Hirsch und schüttelt alles durch, was rund um das Motorrad angeschraubt ist. Aber als ich die Triumph durchkicke und der Motor bereitwillig zum Leben erwacht, erscheint der Sound der Harley plötzlich sanft und moderat. Die Triumph brüllt ihre Sportlichkeit mit jedem Arbeitstakt des Motors in die Gegend. Mein Vater rudert wild mit den Füßen, um sein Dickschiff rückwärts auf die Straße zu manövrieren, dann legt er krachend den ersten Gang ein und tuckert los. Ich folge ihm mit ein paar Metern Abstand. Rothenburgsort ist nicht groß, denn man landet an allen Ecken schnell wieder am Wasser, trotzdem kenne ich den Park nicht, zu dem er mich lotst.

Ein Rasenstück taucht auf, ein paar Bäume nah am Wasser

und dann sehe ich zwei weitere Harleys ordentlich nebeneinandergestellt und zwei Gestalten, die danebenstehen und auf die Elbe gucken. Mein Vater parkt die Harley in perfektem Abstand neben die anderen Bikes, so dass ich gar nicht anders kann, als es ihm nachzumachen. Bis ich den Seitenständer der Triumph herausgeklappt und den Helm abgenommen habe, ist mein Vater schon zu den beiden Typen getreten. Die drei stehen nebeneinander, fast Schulter an Schulter, breitbeinig, die Hände auf den Hüften abgestützt. Ich kenne die beiden Männer. Genauso standen sie auf dem Rockerfoto rechts von Pit vor der Laeiszhalle und dem Plakat von Chuck Berry. Der Unterschied zwischen dem Foto und dem Anblick vor mir liegt in den mehr als dreißig Jahren, die seitdem über die Gesichter der Männer gegangen sind. Und dass der hünenhafte Mann fehlt, der auf dem Foto links von meinem Vater steht. Ich bin mir sicher, sein Name ist Klaus.

Die beiden Männer vor mir starren mindestens so verwirrt auf die Triumph und meine Kutte wie eben mein Vater, auf diese Verkleidung waren sie nicht vorbereitet. Wahrscheinlich verdanke ich es nur dem Wind hier draußen, dass sie nicht auch noch die Nase rümpfen. Schließlich überwindet der Erste von ihnen seine Erstarrung.

„Du hast nicht zu viel versprochen, Ritchie", sagt der Blonde, der immer noch einen Seitenscheitel wie auf dem Foto trägt. „Dein Junge ist Pit wie aus dem Gesicht geschnitten."

Der Blonde macht einen Schritt auf mich zu und hält mir die Hand hin. Ich schlage ein und bekomme einen einzigen festen Händedruck, der die ganze Geschichte erzählt. Vor mir steht ein ehemaliger Rocker, handfest im wahrsten Sinne des Wortes.

„Jon", sagt er und nickt noch einmal dazu. Weil der lange Kerl neben ihm jetzt ebenfalls meine Hand schüttelt und dazu

Nils sagt, wird mir klar, dass *Jon* ein Name sein muss. Die beiden sind so perfekte Altrocker, dass ich mir ein Grinsen verkneifen muss.

„Moin!", sage ich stattdessen. „Ich bin Jan."

Dann schaue ich zu meinem Vater und jetzt kann ich nicht länger an mich halten. Ich grinse wie ein Mondsüchtiger.

„Und du heißt gar nicht Richard, sondern Ritchie? Habe ich gar nicht gewusst. Aber ich erfahre ja so manches erst jetzt."

Mein Vater guckt zerknirscht. Ich weiß schon, warum er sich Jon und Nils dazugeholt hat. Die sollen ihm helfen, aus dieser unangenehmen Situation leichter herauszukommen. Und das scheint auch zu funktionieren, denn Jon übernimmt es, mir zu antworten.

„Du musst das verstehen, dass dir dein Vater nicht so viel aus seiner Jugend erzählt hat. Das waren andere Zeiten, kannst du dir heute gar nicht mehr vorstellen. Einerseits der Mief der Vergangenheit. Andererseits die Studenten und dieser ganze Hippie-Kram, mit dem wir nichts anfangen konnten. Wir alle waren damals dumme Jungs. Ein bisschen wild und ein bisschen heftig. Vielleicht haben wir manchmal über die Stränge geschlagen. Aber als Rocker hatten wir unseren Spaß, auch ohne Kohle."

Jetzt schaltet sich der große Mensch namens Nils ein. Seine Hände zittern ein wenig, als er mit ausladenden Gesten zu reden beginnt. Mein Vater muss die beiden nachdrücklich dazu aufgefordert haben, ihm den Rücken zu stärken.

„Damals hätten wir uns sowas wie die Harleys hier niemals leisten können. Pit war der einzige von uns, der ein richtiges Motorrad fuhr. Wir waren froh, wenn wir ein paar Mark bekommen haben, zum Beispiel als Ordner beim Festival auf Fehmarn. Da hat damals Hendrix gespielt."

Ich habe eigentlich keine Lust, mich vollsülzen zu lassen,

aber die drei älteren Herren vor mir kann ich mir einfach nicht zusammen mit dem Gitarrengott Hendrix vorstellen, deshalb frage ich nach.

„Ihr habt Hendrix live gesehen? Das ist ja unglaublich! Wie seid ihr denn dazu gekommen, als Ordner angeheuert zu werden?"

Endlich sieht mein Vater das Gespräch in ruhigem Wasser und traut sich, einzusteigen.

„Da waren fast zweihundert Rocker vor Ort, alle möglichen Clubs und Cliquen. Wir sind über die Bloody Devils eingeladen worden. Das ging dann hoch her auf der Insel, das pure Chaos. Es hat geregnet wie nichts Gutes. Unser Geld kam nicht rüber, irgendwann haben andere Rocker deshalb ein paar Häuschen abgefackelt. Hendrix war angekündigt, aber keiner wusste, ob er wirklich spielt. Hat er dann aber doch. War sein letzter Auftritt, zwölf Tage später ist er gestorben. Leider habe ich ihn nicht gehört, dazu war ich zu besoffen."

Die drei lachen. Mir fällt ein, was ich über die Bloody Devils im Abendblatt gelesen habe und das bringt mich zurück zu meinem Anliegen.

„Dann wart ihr damals Mitglieder der Bloody Devils? Und seid später zu echten Hells Angels geworden?"

In mir kocht sofort die Aufregung wieder hoch. Onkel Pit als jugendlicher Hells Angel eröffnet in meiner Vorstellung unzählige mögliche Erklärungen für seinen Unfall, beziehungsweise dafür, dass es kein Unfall war. Die Erregung kann man mir offensichtlich deutlich anmerken, denn Jon stoppt mich schnell.

„Nein, nein. Wir gehörten nicht zu den Bloody Devils, wir kannten nur manche von denen ganz gut. Mit dem was da später rund um diese Truppe abging, hatten wir nichts zu tun. Es gab die ganzen Jahre über Gewalt in der Szene. Heute würde ich sagen, zu viel Gewalt. Aber so richtig ging das erst in dem Jahr los, in dem Pit den Unfall hatte."

„Der Unfall war 1973, im März. Im April ist dann dieser Kirchenhelfer erstochen worden", sage ich mit fester Stimme. Ich will signalisieren, dass ich die Fakten kenne und man mir keinen Unsinn erzählen kann.

„Ja, im April gab es den ersten Toten. Man konnte das kommen sehen, wenn man wollte. Manche aus der Rocker-Szene waren zu lange dabei, die hatten Geschmack an der Sache gefunden. Das war dann kein weiter Weg mehr bis zur echten Kriminalität. Sobald die Devils sich umbenannt hatten, legten die los. Auf dem Kiez haben die ja später lange Jahre richtig am Rad gedreht, bis die Osteuropäer kamen. Wir waren zu diesem Zeitpunkt schon längst wieder brave Bürger. Papis und nette Kollegen ..."

Jon seufzt, nachdem er das gesagt hat, als würde er die Entwicklung bedauern. Deshalb legt mein Vater schnell noch einmal nach.

„Wir waren einfach fünf Freunde und haben eine Zeit lang zusammen verrückte Sachen gemacht. Dein Onkel Pit hat uns immer zurückgehalten, wenn wir drohten, den Überblick zu verlieren. Pit ist zwar der jüngere von uns beiden, aber er hat sozusagen auf mich aufgepasst. Er konnte sich ziemlich schnell aufregen, wenn er etwas ungerecht fand. Ich glaube, du siehst ihm nicht nur ähnlich, du kommst auch sonst ziemlich auf Pit."

Ich blicke überrascht zu meinem Vater hoch. So etwas hat er noch nie zu mir gesagt. Wie mag es für einen Vater sein, wenn sein einziger Sohn ihm nicht ähnlich ist? Erklärt das die Distanz, die mein ganzes Leben zwischen uns war? Wirre Gedanken schießen mir durch den Kopf, ich kann nicht klar nachdenken. Irgendetwas schnürt mir die Kehle zu und ich muss mich zusammenreißen, um nicht vor meinem Vater zu heulen. Mühsam gelingt es mir, ruhig zu bleiben und zu meinen konkreten Fragen zurückzufinden.

„Ihr wart fünf Freunde. Was ist aus dem fünften geworden? Pit hat einen Klaus erwähnt. Ist er das?"

Die drei brauchen mir nicht zu antworten, denn der Name Klaus löst bei ihnen heftige Reaktionen aus. Alle drei machen einen halben Schritt zurück und Nils nimmt die Hände aus den Hosentaschen, als müsse er sich verteidigen. Mein Vater starrt mich an und seine Stirn legt sich in Falten.

„Pit kann sich an Klaus erinnern? Was hat er über ihn gesagt?"

In der Stimme meines Vaters schwingt Entsetzen mit. Mir wird klar, dass er in all den Jahren möglicherweise niemals mit Pit über die Ereignisse gesprochen hat und nicht einschätzen kann, woran sich Pit überhaupt erinnert. Außerdem haben Heidis Tod und das Öffnen der Schuppentür bei Pit so etwas wie einen Schock ausgelöst und damit vielleicht neue Erinnerungen möglich gemacht. Soll ich pokern und nicht verraten, wie wenig ich in Wahrheit weiß?

Ich blicke auf die nicht mehr ganz jungen Männer, die auf der Wiese vor dem silbrigen Band der Elbe stehen, neben sich ihre Harleys, und mich ansehen. Ich brauche einen Moment, bis ich erkenne, dass sie sich fürchten. Das macht mich fassungslos. Furcht ist keine Empfindung, die bisher in meinem Leben eine Rolle gespielt hat. Mein Vater war für mich nie das klassische Familienoberhaupt, trotzdem schockiert es mich, jetzt seine Angst zu sehen. Ich will die verfluchte Geschichte hinter all dem endlich kennenlernen, damit ich verstehen kann, was hier abgeht.

„Pit weiß, was in dieser Rocker-Kartei über Klaus steht. Er hat mir aber nicht gesagt, was es ist. Wenn ihr nicht wollt, dass ich Pit mit meiner Fragerei quäle, müsst ihr es mir selbst verraten."

Die Männer wechseln Blicke untereinander und schweigen. Jon übernimmt die Initiative und schon bevor er den Mund öffnet, bin ich mir sicher, dass er mir nicht die ganze Wahrheit sagen wird.

„Wir fünf waren mehr als Kumpel oder Freunde. Wir gehörten zusammen, einer für alle, alle für einen. Lange Zeit sind wir denselben Weg gegangen. Als dann immer mehr Waffen auftauchten und später die Drogen und alles andere langsam immer heftiger wurden, haben wir uns zurückgezogen. Wir alle, bis auf Klaus."

Nils breitet die Hände aus, als könnte er damit alles erklären. Er versucht es mit einem Lächeln, das ihm aber nur windschief gelingt.

„Du musst wissen, wir nannten Klaus immer *Störte*, wegen des Piraten Störtebeker. Klaus war groß und blond wie ein Wikinger und stürzte sich in jede Rauferei wie Störtebeker. Klaus kannte kein Zurück. Er ging immer weiter, während wir älter und braver wurden. Störte ist als Mitläufer der harten Szene auf dem Kiez gelandet und nie wieder zurückgekommen."

„Moment mal", unterbreche ich ihn aufgeregt, „sprichst du von Störte, der ehemaligen Kiez-Größe? Der Glatzkopf, der früher ständig vor Gericht war? Kokain im Handschuhfach seines Mercedes, minderjährige Prostituierte in seinem Bordell, Körperverletzung auf Sylt und all diese Geschichten?"

Drei Köpfe vor mir nicken im Gleichtakt. Mir verschlägt es die Sprache. Als ich zum ersten Mal von diesem Störte hörte, war er bereits aus der ersten Reihe der Kiez-Könige verdrängt worden. Er tauchte immer noch regelmäßig in den Hamburger Zeitungen auf, die über seine Prozesse, aber auch seine Partys und Freundinnen berichteten. Störte war kurz davor, eine dieser halbseidenen Gestalten zu werden, mit denen sich die Bürgerschaft der Stadt gerne bei Box-Galas, Benefiz-Veranstaltungen und Geburtstagen von anderen Promis fotografieren lässt. In den letzten Jahren wurde es allerdings merklich ruhiger um diese Figur. Schwer zu sagen, ob die Öffentlichkeit das Interesse an ihm verlor oder ob er sich selbst zurückzog. An den aktuellen Machtkämpfen im Milieu nimmt er jedenfalls nicht mehr teil, dafür haben sich zu viele neue Generationen von Luden und Drogendealern mit Ellenbogen aus Edelstahl auf den Markt gedrängt. Störte ist mit Sicherheit jemand, der ziemlich unangenehm werden kann. Es ist kein Vergnügen, sich ihn als Kumpel von Pit und meinem Vater vorzustellen.

„Und was hat dieser Störte jetzt mit Onkel Pit und seinem Unfall zu tun?"

Ich wende mich mit dieser Frage direkt an meinen Vater, denn ich bin genervt davon, dass er bei unangenehmen Themen schweigt und seine Kumpels vorschickt. Es geht schließlich um seinen eigenen Bruder.

„So wie Störte hätten wir alle enden können. Für eine kurze Zeit waren wir dabei, auf der schrägen Bahn mächtig Geschwindigkeit aufzunehmen. Pit hat sich dagegengestemmt. Und dabei geriet er natürlich mit Störte aneinander. Die beiden haben sich immer wieder heftig gestritten und sich auch mal die Lippen dick gemacht. Aber das war's dann auch schon. Störte ist nicht mehr zu unseren Treffen gekommen. Kurz darauf hatte Pit seinen Unfall und wir sind nach und nach von der Szene weggeblieben. Um deine Frage zu beantworten: Störte hat nichts mit dem Unfall zu tun. Der war im Gegenteil total entsetzt, als er davon gehört hat. Er hat sich sofort bei mir gemeldet. Nachdem Pit aus dem Koma erwachte und klar war, dass er nicht mehr gesund werden konnte, hat Störte angefangen, Pit und Heidi zu unterstützen."

Ich starre meinem Vater ins Gesicht. Ich kann nicht glauben, was ich höre.

„Was willst du damit sagen? Dieser Ganove hat Pit Geld gegeben?“

Mein Vater hält meinem Blick nicht stand und senkt den Kopf. Jon springt wieder ein. Die drei sind immer noch ein eingespieltes Team.

„Was denkst du, wie sich Pit und Heidi das Haus hätten leisten können, all diese Jahre? Störte gab ihnen Geld und wir drei haben jeden Monat etwas dazugelegt. Heidi sträubte sich zuerst, aber sie musste es schließlich annehmen.“

„Ihr habt zugelassen, dass Pit und Heidi von Geld leben mussten, das ihnen ein Zuhälter und Drogendealer zugesteckt hat? Von Geld, an dem …“

Ich bin dermaßen empört, dass mir die Stimme versagt.

„Von Geld, an dem Blut klebt!“

Vielleicht ist meine Empörung etwas zu dick aufgetragen. Mein Vater kommt jedenfalls aus der Defensive.

„Ohne die Kohle wäre Pit seit dreißig Jahren in einem Pflegeheim. Und an unserem Geld klebt kein Blut. Vielleicht solltest du dich nicht zu sehr zum Moralapostel aufspielen, mein Söhnchen.“

Im Verhältnis zu meinem Vater hat es bisher immer nur freundliche Distanz und keinen echten Streit gegeben, deshalb empfinde ich eine Auseinandersetzung als eine echte Verbesserung unserer Beziehung und halte mich nicht zurück, als ich antworte.

„Ach ja? Wie soll ich mich denn deiner Meinung nach aufspielen, wenn ich plötzlich erfahre, dass mich meine ganze Familie mein Leben lang belogen hat? Dass mein Vater und mein Onkel kurz davor waren, Berufskriminelle zu werden? Und dass ein stadtbekannter Lude den Kaffee bezahlt, den ich heute

Morgen bei Pit getrunken habe? Soll ich zu diesem Störte fahren, und mich bei ihm dafür bedanken?"

Die Hand meines Vaters greift zu dem halb geöffneten Kragen meiner Lederjacke und schließt sich dort zur Faust. Mit überraschend viel Kraft zieht er mich zu sich heran, bis sich unsere Nasen beinahe berühren.

„Du bleibst dem Mann vom Leib, hörst du! Der soll noch nicht einmal wissen, dass es dich gibt, ist das klar?"

Seine Augen funkeln mich aus der kurzen Distanz an, sie sind weit aufgerissen und feucht.

„Bei meiner Seele, tue bitte, was ich dir sage", fügt mein Vater hinzu und ich erkenne, dass er Tränen in den Augen hat. Es ist nicht Wut, sondern Angst, die sie zum Funkeln bringt. Er lässt mich los und ich mache einen Schritt zurück. Wir stehen sprachlos voreinander, aufgewühlt von diesen ungewohnten Emotionen. Ich habe mich ihm noch nie so nahe gefühlt. Es fällt mir schwer, diesen magischen Moment zu beenden. Aber je stärker ich mich meinem Vater verbunden fühle, desto schlechter kann ich es ertragen, seine Furcht zu spüren.

„Warum habt ihr so eine verfluchte Angst vor diesem Klaus Störte? Ihr seid brave Steuerzahler, der Mann kann euch nichts. Wenn jemand Angst haben sollte, dann der!"

Jon tritt zu uns und legt mir eine Hand auf die Schulter.

„Glaub mir, der Mann hat keine Angst, der verbreitet die lieber unter anderen. Wenn der auf deiner Seite steht, hat das auch Vorteile. Damals in der Stresemannklause ..."

Normalerweise stehe ich nicht auf Geschichten, die mit *damals* anfangen, aber ich bin gierig auf jedes Detail aus jener Zeit im Leben meines Vaters und Onkels. Also gebe ich es kurzfristig auf, die drei weiter zu einer klaren Aussage drängen zu wollen, und lasse mich auf nette Geschichten ein.

„Was war denn los, damals in der Stresemannklause?"

„Die Klause war eigentlich unsere Stammkneipe. Alle gingen da hin, auch die Bloody Devils. Das ging manchmal ganz schön drunter und drüber. An einem Abend hatten wir fünf ziemlich früh dort angelegt, der Laden war noch leer, kaum andere Rocker im Haus. Da ging die Tür auf und ein Haufen Piepels kommen rein, Bauarbeiter oder was, schon ziemlich duhn. Kräftige Typen, das sag ich dir. Und auch mehr als wir, vielleicht zehn Mann hoch. Wahrscheinlich hatten die gar nicht mitbekommen, in was für eine Art von Kneipe die reingestolpert sind. Es vergehen aber keine zwei Minuten, die gucken uns kritisch an, und die Kabbelei ist im Gange. Störte war gerade zum Klo gegangen und nicht im Raum. Jon wurde von einem der Typen ganz schnell auf Deck geschickt, wir anderen waren gut beschäftigt. Ich machte mir schon echte Sorgen um unsere Gesundheit, als Störte vom Pinkeln zurückkam. Der stürzte sich mit Gebrüll in die Wuling und öffnete durch sein bloßes Erscheinen schon mal eine Schneise. Den Mann, der über mir hing, zog er mit einer Hand weg und schickte ihn über den nächsten Tisch. So waren wir dann schon mal zu zweit und konnten nach und nach auch die anderen freihauen. Zum Schluss hat Störte zwei Mann von denen umklammert und einfach vor die Tür gedrängt. So ist Störte. Geht ran wie ein Pirat, der ein fremdes Schiff entert."

Ich sehe meinem Vater fasziniert zu, während er die Geschichte mit großen Gesten erzählt. Es ist nicht leicht, sich den eigenen Vater als Teil einer Kneipenschlägerei vorzustellen, aber seine Augen blitzen und er macht kleine Schritte wie ein Boxer, der einem Schlag ausweicht, deshalb kann ich ihn wie in einer Filmszene vor mir sehen. Als er fertig ist, lächelt er versonnen und blickt auf die Elbe. Einen Moment stehen wir vier da und begutachten ein weiteres Containerschiff, das auf der anderen Seite des Flusses dahingleitet. Ich bin taktisch genug, die entspannte Atmosphäre für einen neuen Vorstoß zu nutzen.

„Wart ihr denn alle in dieser Rocker-Kartei?"

Der Blick meines Vaters verliert sofort seine verschleierte Weichheit. Er ist wieder auf der Hut.

„Da kam jeder rein, der Lederklamotten trug, das ging ganz schnell. Wir waren drin, neben einigen Tausend anderen. Das hat gar nichts zu bedeuten."

„Und was steht in dieser Kartei so drin?"

„Woher soll ich das wissen? Uns haben die das Ding ja nicht gezeigt. Und vor Gericht waren wir auch nie."

„Aber irgendwas Wichtiges muss ja drinstehen, wenn Pit das nach all den Jahren erwähnt. Was kann denn über diesen Klaus besonders Spannendes zu finden sein?"

Ich merke sofort, dass ich nicht mit der Tür ins Haus fallen kann. Mein Vater setzt eine neutrale Miene auf und blickt mich mit großen Augen an.

„Ganz ehrlich, ich habe keine blasse Ahnung", sagt er und hält meinem Blick stand. Ich bin mir nicht sicher, ob ich ihm glauben kann. Mir fällt nichts mehr ein, mit dem ich das Trio zu einer unbedachten Äußerung verleiten könnte. Ich beschließe, das Treffen zu beenden. Mit einem drastischen Abgang versuche ich, den Druck auf die drei zu erhöhen.

„Dann", sage ich und bemühe mich dabei um einen eiskalten Unterton, „werde ich Onkel Pit noch einmal ganz genau danach fragen müssen."

Ich drehe mich um und lasse die Männer zurück. Die Triumph springt ohne großen Widerstand an und entfernt sich voller Freude aus der Gesellschaft der drei Harleys.

5.

Ziemlich benommen mache ich mich auf den Weg zurück nach Niendorf, zu viele Bilder legen sich in meinem Kopf übereinander. Ich sehe Hendrix in einer Kneipenschlägerei, Kiez-Störte beim Kaffeemahlen in Heidis Küche und drei Harley-Fahrer auf einem Containerschiff. Dabei ist die Wirklichkeit schon verrückt genug.

Ich habe gerade die Kennedybrücke erreicht, als ich weit vor mir in Richtung Dammtor eine Rauchsäule über den Häusern sehe und sich von hinten mit Tatütata ein Feuerwehrwagen nähert. Die Autos machen bereitwillig Platz, in den ich frech hineinpresche, bevor sich die Lücke hinter der Feuerwehr wieder schließt. Wie auf einer Welle surfe ich so hinter dem roten Schrittmacher her, bis sich der Verkehr vor der Brandstelle auf eine Spur zwängt und ich auch mit einem Motorrad nur noch langsam vorankomme.

So bleibt genug Zeit ausführlich zu begutachten, was ich schon die ganze Zeit erwartet habe: Auf einem Parkplatz vor dem Dammtor-Bahnhof brennt ein weiteres Motorrad. Obwohl gelbe Flammen aus dem Tank schlagen und über allem dichter schwarzer Rauch liegt, erkenne ich am Kardanantrieb eine BMW, die dort vor sich hinbrennt. Die Feuerwehr hat bereits kniehoch Schaum rund um das Motorrad versprüht. Es bereitet mir körperliche Schmerzen, die BMW brennen zu sehen. Natürlich ist jedes große Feuer ein Schrecken, aber ein brennendes Motorrad ist ein ähnlich grässlicher Anblick wie eine

Maschine, die nach einem Sturz neben der Straße auf der Seite liegt.

Ich bin einmal mit der Fazer im Stand auf die Seite gefallen, weil der Seitenständer nicht richtig ausgeklappt war und ich die arme Maschine ins Nichts fallen ließ, aber ich bin bisher noch nie richtig gestürzt. Ich versuche mir vorzustellen, was Pit vor seiner Ohnmacht von seinem Sturz mitbekommen hat. Viel Zeit für Sinneseindrücke wird er nicht gehabt haben.

Depressive Winterabende verbringe ich schon mal mit *YouTube* und den unendlich vielen Crash-Filmchen, die dort zu finden sind. Meist bleibt den Rennfahrern in diesen Sturzfilmen nur ein hilfloses Zucken, bis sie mit ihrer Lederkombi über den Asphalt rutschen. Ob Pit versucht hat, sich bei dem Sturz möglichst wenig zu verletzen?

Ich blicke hinunter auf den Tank der Triumph und suche nach Kratzern, die von seiner Jacke stammen könnten, aber da ist nichts zu erkennen. So werde ich niemals herausbekommen, wie der Unfall vor sich gegangen ist.

Der einzige Zeuge ist Pit selber. Und den werde ich befragen. Aber zuvor will ich mir sicher sein, dass ich ihn damit nicht zu sehr belaste. Elke hat eine Freundin namens Renate, die als Ärztin und Psychiaterin arbeitet. Vielleicht kann sie mir sagen, was ich bei Pit auslöse, wenn ich ihn weiter mit seiner Vergangenheit konfrontiere.

Als ich in Niendorf mit der Triumph den schmalen Weg um das Haus in den Garten tuckere, finde ich dort Pit und Elke bei einem fröhlichen Picknick auf der Wiese. Elke hat die alte Decke ausgebreitet, unter der ich als Kind so gerne auf dem Sofa eingeschlafen bin, und darauf kleine Schalen mit frischem Obst und Keksen verteilt. Ich ziehe meinen Helm aus und schlendere zu den beiden. Hinter mir kühlt die Triumph mit hellen Knackgeräuschen aus. Elke bekommt einen Kuss und Pit einen männlichen Händedruck. In unserer Runde fehlt Tante Heidi. Sie ist die ganze Zeit anwesend, auch wenn wir nicht immer von ihr sprechen. Trotz aller Trauer wirkt Pit in diesem Augenblick entspannt. Es tut ihm gut, mit jungen Leuten auf einer Wiese in der Sonne zu sitzen. Sein Blick wandert natürlich zur Triumph, aber ich kann keine Beunruhigung darin erkennen.

„Sie fährt super."

Ich muss mich nicht besonders anstrengen, um Begeisterung in meine Stimme zu legen.

„Der Motor ist echt ein Hammer, der zieht von unten hoch wie nix Gutes. Nur die Bremsen sind für den heutigen Verkehr etwas zu relaxt. Sportliches Fahren ist damit nicht angesagt."

Pit zuckt die Schultern und sagt nichts. Mir wird klar, dass meine Bemerkung selten dämlich war. Woher soll er wissen, wie sich der Verkehr in Hamburg in den letzten Jahrzehnten verändert hat?

Natürlich war er mit Heidi zwischendurch immer wieder in der Stadt, um einen Arzt zu sehen oder einen Ausflug zu machen, aber mit dem Motorrad war er auf den Straßen seiner Heimatstadt seit seinem Unfall nicht mehr unterwegs. Diese Erkenntnis hat sich gerade in meinem Kopf breit gemacht, als mir eine Idee kommt. Ich blicke zur Triumph mit ihrer hohen Sitzbank und den massiven Fußrasten. Damals waren Motorräder noch darauf ausgelegt, einen Sozius oder eine Sozia mitnehmen zu können. Heutzutage sind die schmalen Sitzbrötchen als Sitzbank und die Fußrasten, die etwa in Hüfthöhe angebracht sind, mehr als Folterwerkzeuge geeignet und machen Beifahrern das Leben zur Qual. Pit würde ohne Probleme hinter mir Platz auf der Sitzbank der Triumph finden. Sein Helm passt ihm natürlich noch, mein eigener Helm liegt im Haus. Es spricht also nichts gegen eine kleine gemeinsame Spritztour.

Und vielleicht löst solch ein Erlebnis tief in Pits Bewusstsein kleine Schockwellen aus, die neue Erinnerungen freigeben.

Bevor ich Pit frage, was er von der Idee hält, will ich mir aber unbedingt ein Okay für diese Schocktherapie von Elkes Ärztefreundin Renate holen. Ich suche in der Jackentasche nach meinem Handy und halte es unschlüssig in der Hand versteckt. Soll ich vor Pit mit Renate telefonieren und ihn dabei als Kranken beschreiben? Pit nimmt mir die Entscheidung aus der Hand, weil er mühsam von der Decke aufsteht, „Kaffee?" krächzt und in Richtung Küche schlurft, nachdem Elke und ich genickt haben.

Sobald er in der Küche ist, berichte ich Elke im Schnelldurchlauf von dem Treffen mit den drei Altrockern und Störtes Geschichte. Bevor Pit zurückkommt, frage ich Elke nach Renates Telefonnummer. Elke hat ein sehr gutes Gedächtnis und braucht kein Telefonbuch, um mir die Nummer zu nennen.

Es klingelt ein paar Mal, dann meldet sich Renate. Ich weiß von Elke, dass Renate als Ärztin lange Zeit in der Bereitschaft einer Notaufnahme gearbeitet hat, deshalb bilde ich mir ein, in ihrer Stimme eine Mischung aus wacher Aufmerksamkeit und kühler Distanz zu hören, die bei einer solchen Arbeit bestimmt von Vorteil ist. Renate und ich sehen uns unregelmäßig, meist trifft sich Elke mit ihr alleine, aber trotzdem mögen wir uns gern und ich kann offen mit ihr reden. Von dem Koffer voller Rockervergangenheit erzähle ich nur so viel wie nötig ist, damit sie versteht, weshalb mir Pits Erinnerung an den Unfall so wichtig ist. Schließlich beschreibe ich ihr, wie ich mir Pits und meine Ausfahrt vorstelle.

„Wenn Pit das Vibrieren seines alten Motorrads in den Knochen spürt, rüttelt ihn das vielleicht so durch, dass er sich wieder an den Unfall erinnert. Was meinst du, kann ich ihm schaden, wenn ich ihn so drastisch mit dieser schrecklichen Situation von damals konfrontiere?"

„Hm ...", kommt vom anderen Ende der Leitung und mir wird klar, dass dies eine dieser vielschichtigen Fragen ist, mit denen mich meine Kunden so oft nerven, weil es auf sie keine einfachen Antworten gibt.

„Tja also, ich kenne ja die näheren Umstände des Falles nicht ausreichend. Es kann schon sein, dass dein Onkel den Unfall und seine Umstände verdrängt und dass eure Ausfahrt diese Verdrängung durchbricht. Er hat aber möglicherweise verdrängt, um mit dem Erlebnis besser klarzukommen, also zum Beispiel als Schutzmechanismus vor Angst. Wenn er mit dieser Angst jetzt konfrontiert wird, wird ihn das erheblich stressen. Natürlich kannst du dir nicht sicher sein, welche Folgen dies für ihn haben wird. Ich denke aber, angesichts der stabilen Situation seit so langer Zeit und weil er unter keinen weiteren Folgeschäden leidet, sollte das gutgehen. Dränge ihn jedoch nicht zu dem Ausflug und achte genau darauf, wie er reagiert. Du wirst bestimmt eine Menge Emotionen bei ihm auslösen."

„Selbstverständlich werde ich vorsichtig vorgehen. Wenn er will, drehen wir eine kleine Runde. Danach sind wir wieder bei ihm zuhause, Elke und ich behalten ihn im Auge. Jedenfalls vielen Dank für deinen Ratschlag."

„Wie geht es eigentlich dir bei der ganzen Geschichte?"

Verblüfft schweige ich für einen Moment. Wie soll es mir schon gehen? Mit mir ist doch gar nichts los. Meine Stimme zittert, als ich antworte.

„Mir geht es gut, wieso? Natürlich ist es merkwürdig zu erfahren, dass der eigene Vater eine dubiose Vergangenheit hat und dass es für Pits Unfall möglicherweise Gründe gibt."

Ich schweige, dann wende ich mich ab, damit Elke nicht sieht, wie meine Augen feucht werden.

„Angst. Die haben alle immer noch Angst. Es ist unglaublich, dass die Menschen um mich herum mit so viel Angst leben. Und dass ich so lange nichts davon gespürt habe."

Ich verstumme und auch die Welt um mich herum wird still. Für einen Augenblick befinde ich mich wie unter einer Taucherglocke, alleine mit mir und einem ekelhaften Gefühl von Hilflosigkeit. Mir war nicht klar, dass auch in mir seit gestern so viele Emotionen hochgekommen sind. Langsam kehre ich zurück und höre wieder die Vögel im Garten zwitschern. Elke sitzt da und sieht mich besorgt an.

„Bist du noch da, Jan?"

Renates Stimme tönt aus dem Handy. Man sollte nicht zu leichtfertig mit einer Psychiaterin telefonieren.

„Ja, Renate, ich bin noch dran. Du hast Recht, die Geschichte wühlt auch mich ziemlich auf."

„Dann solltest du auf dich genauso achten wie auf Pit. Dabei wünsche ich euch alles Gute. Kannst du mir bitte Elke geben?"

Ich verabschiede mich von Renate und gebe das Handy an Elke weiter. Renate wird Elke wahrscheinlich ausführlich berichten und das ist auch gut so, denn ich könnte kaum in Worte fassen, was mich bewegt. Bei dem Gespräch der beiden will ich nicht zuhören, deshalb stehe ich auf und gehe zum Küchenfenster. Pit versammelt drinnen auf einem Tablett Kaffeetassen, Milch und Zucker, während hinter ihm der Kaffee durch den Filter läuft. Ich lehne mich gegen die Fensterscheibe und sehe ihm zu. Ich mag diesen Mann sehr gerne. Vielleicht ist jemand Schuld an seinem Zustand und dieser Jemand lebt unbehelligt in Hamburg. Über das Wirrwarr von Emotionen in mir legt sich bei diesem Gedanken ein starkes Gefühl. Wut lodert auf und lässt meinen Mund trocken werden. Wenn es einen Verantwortlichen gibt, werde ich ihn finden und zur Rechenschaft ziehen, koste es, was es wolle.

Das Handy klingelt. Erst als ich es aus der Jacke hole und auf das fremde Gerät starre, erinnere ich mich, dass Elke gerade mit meinem Handy telefoniert. Das Handy, das jetzt mit einem fremden Klingelton in meiner Hand vibriert, gehört dem Parka-Träger von der Tankstelle. Auf dem Display wird keine Nummer angezeigt. Ich nehme das Gespräch an und halte das Teil an mein Ohr. Wie soll ich mich melden? Vielleicht ist es der Besitzer, der sein Telefon zurückhaben will, vielleicht einer seiner Bekannten, der nicht ahnt, das jemand anderes am anderen Ende ist. Ich schweige. In der Leitung rauscht es, ich kann undefinierbare Hintergrundgeräusche hören, aber auch der Anrufer sagt nichts. Je länger wir schweigen, desto sicherer bin ich mir, den Menschen von der Reeperbahn in der Leitung zu haben, den ich heute Vormittag vergeblich in der Menschenmenge gesucht habe. Im Garten zwitschern weiter die Vögel und man hört im Hintergrund Elke, wie sie sich mit Renate unterhält. Die Stimme in der Leitung klingt beiläufig und selbstbewusst, als die Stille endlich durchbrochen wird.

„Fuck you, you fucking fuck", sagt ein Mann und legt auf. Ich starre auf das leere Display und kann es nicht fassen. Das war kein freundlicher Umgangston für jemanden, den ich nicht kenne. Ich versuche wie heute Vormittag, den Anrufer zurückzurufen, aber das Handy weiß wieder nicht, welche Telefonnummer es dafür wählen soll.

Weil Pit mit dem Tablett durch die Tür kommt, stecke ich das Handy schnell weg. Elke und ich blicken prüfend auf das Tablett. Der Kaffee scheint gelungen zu sein, Pit hat diesmal weder das Wasser noch das Kaffeemehl vergessen. Allerdings bringt er uns statt Kaffeetassen Suppenteller und statt Milch hat er die kleine Plastikflasche mit Spülmittel mitgebracht. Ich stehe auf und hole die richtigen Utensilien. Pit starrt auf meine Mitbringsel, dann auf das Tablett. Er kichert verlegen. Es ist auch für ihn immer wieder verwirrend, welche Ausfallerscheinungen er haben kann.

Während ich mit Pit und Elke auf der Decke sitze und den viel zu starken Kaffee schlürfe, denke ich über den Anrufer nach. Anscheinend habe ich sein Interesse geweckt, sonst hätte er nicht angerufen. Ob dieses Interesse mit Pit und der Triumph zu tun hat oder ob es nur um das verloren gegangene Handy geht, kann ich allerdings nicht mit Sicherheit sagen. Aber jetzt will ich herausbekommen, ob Pit und ich zu einer kleinen Motorradtour aufbrechen werden. Um nicht mit der Tür ins Haus zu fallen, nähere ich mich dem Thema behutsam. Ich zeige auf die Tiger und lächele Pit an.

„Damals warst du mit der Triumph bestimmt ganz weit vorne. Dein Bruder hatte gar kein eigenes Motorrad, oder?"

Pit sieht mich überrascht an und schüttelt dann den Kopf. Er zögert einen Moment, bevor er antwortet.

„Zu teuer."

Mehr sagt er nicht. Ich nicke und warte ebenfalls einen Moment, denn seine Antwort wirft eine Frage auf, die mir unangenehm ist.

„Und wieso konntest du dir eine Triumph leisten?"

Er schaukelt in seinem Schneidersitz ein paar Mal nervös vor und zurück. Ich will ihn nicht quälen, aber mir ist nicht klar, wie sehr ihn meine Frage aufwühlt. Bis er antwortet.

„Klaus. Klaus hat die mir geschenkt."

Ich kriege eine Gänsehaut. Schon wieder ist dieser vermaledeite Klaus im Spiel. Ich muss mich zusammenreißen, um Pit nicht sofort mit Fragen zu bedrängen. Der verfällt wieder in sein autistisches Schaukeln und nach einer Minute Schweigen bemerke ich, dass ich mit ihm schaukele. So geht das nicht weiter! Entweder will ich die ganze Geschichte voranbringen, dann muss ich Pit als erwachsenen Menschen behandeln und ihn befragen. Oder ich lasse ihm seinen Frieden und beende die Suche nach der Wahrheit über seinen Unfall.

„Der Klaus war ja wohl ein echter Freund. Schenkt dir einfach so eine Triumph! Wo hatte der denn damals die Knete dafür her?"

Elke sieht uns entgeistert dabei zu, wie wir zwischen den Obstschalen und Kaffeetassen auf der Decke sitzen und Schaukelstühle imitieren. Sie hat aber mitbekommen, wie wichtig das Thema ist und unterbricht unsere Show nicht.

„Jemand schuldete Klaus Geld. Konnte aber nicht bezahlen. Also haben wir uns sein Motorrad geholt. Klaus hat's mir gegeben."

„Wow, da wart ihr ja ganz schön aktiv. Warum hat Klaus nicht die Polizei geholt, damit er an sein Geld kommt?"

Pit kichert. Das Schaukeln hört auf.

„Mit einem Rocker machst du keine Spielchen. Und ein Rocker geht nicht zur Polizei. Die kommt höchstens zu ihm."

Ich kichere mit ihm. So schlagfertig habe ich ihn lange nicht mehr erlebt. Meine Befragung scheint ihn nicht zu erschüttern, also mache ich weiter.

„Wann hast du Klaus denn zum letzten Mal gesehen? Hat der dich hier im Haus mal besucht?"

Das Kichern erstirbt und Klaus schüttelt wieder den Kopf.

„Niemals! Heidi hat nein gesagt."

„Warum, Pit? Weshalb wollte Tante Heidi ihn nicht sehen?"

Pit schweigt und wiegt seinen Oberkörper wieder in Schaukelbewegungen. Ich beuge mich vor, um meine Hand auf seinen Oberschenkel zu legen. Pit erstarrt.

„Sag mir, Pit, was hatte Tante Heidi gegen Störte?"

Der Spitzname von Klaus löst bei Pit ein leises Wimmern aus. Er gibt mir keine Antwort, massiert aber seinen Schädel, auf dem die feinen weißen Narben des Schädelbruchs unter den schütteren Haaren zu ahnen sind. Keine Ahnung, ob das eine Antwort ersetzen soll. Das Thema Klaus verfolge ich jedenfalls lieber erstmal nicht weiter. Stattdessen zeige ich wieder auf die Triumph.

„Sag mal, sollen wir zusammen ein wenig durch Hamburg cruisen?"

Er sieht mich zweifelnd an.

„Krusen? Was meinst du damit?"

Pit hat natürlich Recht, mit solch neumodischem Denglish sollte ich ihm nicht kommen.

„Sollen wir eine Runde mit der Triumph drehen, du als Sozius hintendrauf?"

Es ist schön zu sehen, wie der Gedanke an eine Motorradtour sein Gesicht sofort aufleuchten lässt. Er blickt kurz zur Triumph, dann zu mir und beugt sich leicht nach vorne.

„Los!", sagt er mit einem spitzbübischen Blick. Das ist mal eine spontane Willensäußerung!

Wir stehen beide sofort auf. Nachdem Pit sechsunddreißig Jahre damit gewartet hat, kann es ihm jetzt nicht schnell genug gehen, bis er wieder auf einem Motorrad sitzt. Ich reiche ihm seine alte Lederjacke und helfe, den Kinnriemen seines Helms zu schließen.

Als ich mit meinem Helm und meiner Jacke aus dem Haus zurückkomme, sitzt er bereits auf der Triumph. Er hat den rechten Fuß auf die Fußraste gesetzt und beide Hände am Lenker. Ich hoffe, er will nicht wirklich selber fahren, denn damit hätte ich ein Problem. Als ich neben der Triumph stehe, schwingt er sich aber aus dem Sattel und hält die Maschine an einem Lenkerende in der Balance, bis ich sie übernommen habe.

Ich bemühe mich, bei der Startprozedur alles richtig zu machen, um unter seinen strengen Augen bestehen zu können.

Die Tiger kooperiert blendend, springt beim ersten Kick an und stottert kräftig vor sich hin. Ich spüre Pits Hand auf meiner Schulter und die Triumph wackelt kurz, als er ein Bein über die Sitzbank schwingt und sich hinter mich setzt. Ich hämmere den ersten Gang rein – zu spät fällt mir ein, dass Pit dabei zusammenzucken könnte – und lasse vorsichtig die Kupplung kommen.

Elke und ich machen regelmäßig zusammen Ausflüge mit der Fazer, aber die Mischung aus einer fast schon antiken Triumph und einem kräftigen Frührentner als Sozius lässt sich deutlich anstrengender fahren als mit Elke und der Fazer. Ich rudere sicherheitshalber mit den Füßen, bis wir genug Schwung und Balance gefunden haben. Sobald der zweite Gang eingelegt ist, zieht uns die Triumph mit gelassener Kraft nach vorne und die gewohnte Leichtigkeit des Motorradfahrens kehrt zurück.

Ohne Zweifel sind Pits Erfahrungen als Sozius nur mangelhaft, denn er hat mir beide Hände auf die Schultern gelegt und hält den maximal möglichen Abstand zu mir. Als wir an der ersten Kreuzung abbiegen, legt er sich vor mir in die Kurve, so dass wir schlingernd die ganze Fahrbahnbreite benötigen, um einigermaßen um die Ecke zu kommen. Deshalb lange ich nach hinten und ziehe ihn sanft näher an mich heran. Seine Hände drapiere ich locker um meine Hüften. Vielleicht ist ihm das unangenehm, aber es geht nicht anders. Sein Helm drückt links leicht gegen meinen, also schaut er mir dort über die Schulter. Ich wage einen schnellen Blick nach links und sehe sein Gesicht verzerrt durch das Visier meines Integralhelms. Pit sieht mich freudestrahlend an und brüllt etwas in meinen Helm. Ich verstehe nicht, was er ruft, aber ich bin mir sicher, es geht ihm gut. Wir bollern zusammen durch die leichten Kurven des Niendorfer Geheges. Als wir auf die nächste Ampel zurollen, bin ich unsicher, wohin wir fahren sollen. Das Wetter ist schön, also könnten wir in einem großen Bogen nach Norden fahren, bis wir bei Wedel die Elbe erreichen. Während ich noch überlege, in welchem Restaurant auf dem Deich wir einen Kaffee trinken könnten, klopft Pit mir auf die Schulter.

„Rechts, nach rechts. In die Stadt!"

Die Ampel vor uns springt um und wird grün. Pit hat als Folge des Unfalls einen merkwürdigen Orientierungssinn. Oft fällt es ihm schwer, links von rechts zu unterscheiden und in fremder Umgebung geht er manchmal wild entschlossen in die falsche Richtung. Aber wir haben ja gerade gar kein festes Ziel, also ist mir Pits Wunsch ein Befehl, ich lenke nach rechts und mache mich wieder auf den Weg in die Innenstadt. Die Triumph alleine ist schon ein Hingucker, aber mit mir und dem Rentner-Rocker Pit hintendrauf ist sie anscheinend ein krasser Anblick, denn die Blicke fast aller Autofahrer auf unserem Weg sind uns sicher. Ich wette, Pit genießt das, bisher ist kein Anzeichen einer Beunruhigung bei ihm zu bemerken.

Wir pöttern also weiter Richtung City und immer, wenn wir an einer Weggabelung ankommen, entscheidet Pit über die Weiterfahrt. Anscheinend kann er sich an Straßen und Gebäuden erinnern und verliert deshalb die Orientierung nicht. Schon bald wird mir klar, dass er uns zum Kiez dirigiert. Das wundert mich nicht, denn Heidi hat bestimmt dafür gesorgt, dass er die Schauplätze seiner wilden Jahre nach dem Unfall nicht wiedergesehen hat.

Ich stelle mir gerade vor, wie wir im Schritttempo über die Reeperbahn fahren und Pit mit Adleraugen nach Spuren seiner Vergangenheit Ausschau hält, als die Triumph plötzlich stottert, dann hustet und schließlich sanft den Antrieb einstellt. So ein Mist! Wahrscheinlich hat die lange Standzeit doch einen heimtückischen Defekt verursacht, der uns jetzt stilllegt. Ich ziehe die Kupplung und wir rollen in himmlischer Stille über die doppelspurige Verbindungsstraße. Ein Blick in den winzigen Rückspiegel zeigt mir, dass die Autos hinter uns bereits bedrohlich dicht auffahren. Plötzlich spüre ich Pits Hand, die über meinem linken Oberschenkel unter den Tank langt und am Benzinhahn arbeitet.

„Einkuppeln!", brüllt mir Pit ins Ohr und vor Schreck lasse ich die Kupplung viel zu schnell los, so dass der Motor kräftig abbremst und wir kurzfristig gefährlich ins Schlingern kommen, bis der Motor anspringt und wir wieder Fahrt aufnehmen.

„Reserve, Mensch!", kommt Pits Stimme von hinten. Logisch, wenn das Benzin ausgeht, schaltet man auf Reserve. Das muss einem nur rechtzeitig einfallen. Die Fazer zeigt mir im elektronischen Cockpit an, für wie viele Kilometer Fahrt das Benzin im Tank noch gut ist, einen mechanischen Benzinhahn gibt es bei diesem Computermotorrad gar nicht mehr. Ist doch gut, wenn man für solche Situationen immer seinen Mechaniker dabei hat. Es ist allerdings ziemlich erstaunlich, dass sich Pit an die Mechanik des Benzinhahns erinnert und ihn bedienen kann. Normalerweise hat er mit Handgriffen im Alltag gerne mal ein Problem.

Sicherheitshalber fahre ich schon bei der nächsten Tankstelle vor eine Zapfsäule. Pit steigt ab und begutachtet die Benzinpreise auf der großen Tafel. Schließlich dreht er sich um, kommt zu mir und hält meinen Arm fest, mit dem ich gerade die Zapfpistole in den Tank halten will.

„Lass uns woanders hinfahren, das ist Nepp hier. Ein Liter Super soll eine Mark und vierzig Pfennig kosten. Das ist doppelt so viel, wie ich zuletzt gezahlt habe."

Ich sehe ihn für einen Augenblick entgeistert an. Aber wer nach sechsunddreißig Jahren aus einem Tiefschlaf erwacht, darf schon mal Probleme damit haben, sich in der Realität zurechtzufinden. Und Benzinpreise wirken auch auf Zeitgenossen oft so, als würden sie in einem Paralleluniversum festgelegt.

„Unglaublich, aber wahr, Pit. Das sind sogar Preise in Euro. Der Liter kostet heutzutage in Wahrheit zwei Mark und achtzig Pfennig. Wenn du damals nur siebzig Pfennig bezahlt hast, hättest du besser richtig volltanken sollen."

Pit sieht mir kopfschüttelnd zu, wie ich die Triumph randvoll fülle und folgt mir dann in den Shop. Er wandert die Regalreihen mit Lebensmitteln und Zeitschriften entlang und hört mit dem Kopfschütteln gar nicht mehr auf. Wahrscheinlich glaubt er, wir seien in einem Kaufhaus, dass nebenbei auch Benzin verkauft.

Während ich den Benzinhahn zurückstelle, betrachte ich die hagere Gestalt mit der abgewrackten Lederjacke und dem prähistorischen Helm, die etwas verloren neben der Triumph steht. Bisher schlägt sich Pit tapfer. Er wirkt kein bisschen eingeschüchtert oder verängstigt. Der beste Beweis dafür ist, dass er mich sanft beiseite schiebt und mit dem linken Fuß den Kickstarter herausklappt. Neben dem Motorrad stehend, kickt er lässig und startet die Triumph beim ersten Versuch. Kein Problem für einen alten Rocker wie ihn!

Weiter geht die Fahrt und natürlich lenkt mich Pit am Altonaer Bahnhof vorbei Richtung St. Pauli. Aber ich habe mich geirrt, als ich dachte, er wolle als Erstes das Treiben auf der Reeperbahn begutachten. Pit bringt mich mit sanftem Druck auf die Schultern dazu, bis zur Palmaille weiterzufahren und erst dort zum Kiez abzubiegen. Auf diese Weise sind wir schon unterhalb der Reeperbahn. Rechts von uns trennt uns nur eine Häuserzeile vom steilen Abstieg zur Elbe. Entlang der Großen Elbstraße wird dort unten heute wie vor hundert Jahren Fisch verarbeitet, der dann auf dem Fischmarkt wenige hundert

Meter weiter verkauft wird. Allerdings sind die Fischhändler auf dem Rückzug, Restaurants und Büros verdrängen sie immer mehr.

Die Triumph poltert mit Pit und mir weiter die Straße entlang, die schließlich nach rechts den Hügel hinunter zur Elbe und dem Fischmarkt abfällt. Ich lege die Triumph vorsichtig in die Kurve und gebe dann ein wenig Gas, damit wir mit schön viel Schwung in die Hafenstraße entlang der Elbe abbiegen können. In diesem Moment haut mir Pit mit beiden Händen abwechselnd auf die Schultern.

„Halt an, Anker raus hier! Los, halt an!"

Ich mache vor Schreck eine Vollbremsung, was bei den morbiden Bremsen der Tiger gerade ausreicht, um mit einem Satz auf den Fahrradweg zwischen Straße und Wasserschutzmauer abzubiegen und das Motorrad wenige Meter weiter zum Stehen zu bringen.

„Was ist los?", brülle ich entsetzt nach hinten. Pits Stimme ist ganz ruhig.

„Mach den Motor aus. Hier ist es gewesen."

Ich weiß sofort, wovon er spricht. Der Motor der Triumph erstirbt mit einem letzten sonoren Knall. Die Triumph wackelt, als Pit absteigt. Ich kicke den Seitenständer heraus, schließe vorschriftsmäßig den Benzinhahn und steige ebenfalls ab. Pit hat den Helm ausgezogen und hockt auf dem Fahrradweg, die halbhohe Mauer in seinem Rücken. Ich gehe mit leisen Schritten zu ihm und hocke mich vorsichtig daneben. Pits Kopf ist starr nach vorne gerichtet. Ich mache es ihm nach und blicke auf die Straße vor uns. Aus einer Kneipe auf der anderen Straßenseite dringt Country-Musik zu uns herüber. Die Kneipe gehörte früher mal der Prostituierten *Domenica,* davor hieß sie *Fick,* was aber nur auf den ungewöhnlichen Nachnamen des Besitzers zurückzuführen ist. Nach einer Weile wende ich meinen Kopf zur Seite, um einen Eindruck davon zu bekommen, wie es Pit geht. Der starrt mit leerem Blick ins Nichts. Ich bin beunruhigt. Soll ich das Schweigen durchbrechen, um ihn nicht zu tief in schmerzvolle Erinnerungen abdriften zu lassen? Aber Pit nimmt mir die Sorge ab, als er mit ruhiger Stimme zu reden beginnt.

„Hier ist zwar nichts mehr wie früher, aber genau an dieser Stelle bin ich verunglückt. Es war sehr früh am Tag, wurde gerade hell. Möwen haben geschrien. Den Helm hier hatte ich nicht auf, der lag zuhause. Es gab ja noch keine Helmpflicht, man konnte auch so durch die Gegend fahren. Da war ein Auto hinter mir. Ich bin gestürzt. Dann die Stiefel. Danach weiß ich nichts mehr."

Die ruhige Stimme von Pit sorgt dafür, dass meine ganze Aufgeregtheit der letzten Stunden gar nicht erst hoch kommt. Wenn er die Ruhe bewahrt, sollte mir das erst recht gelingen. Also frage ich in einem beiläufigen Tonfall nach, obwohl mir die Frage auf den Lippen brennt.

„Stiefel? Du hast Stiefel gesehen?"

Pit nickt langsam.

„Als ich dalag, war ich wohl noch halb bei Bewusstsein. Der Fahrer des Wagens muss ausgestiegen sein. Er ist zu mir gekommen. Seine Stiefel standen direkt vor meinem Gesicht."

„Was ist also geschehen? War das Auto der Grund für deinen Sturz? Hat der Fahrer gesehen, dass du noch lebst und dann Unfallflucht begangen? Oder ist er vielleicht losgefahren, um einen Krankenwagen zu rufen?"

Pit dreht den Kopf und sieht mich an. Er sieht plötzlich furchtbar müde aus.

„Ich habe keine Ahnung, was geschehen ist. Aber ich weiß, wem die Stiefel gehören. Ich war dabei, als die gekauft wurden, bei *Hundertmark* in Altona."

Es fehlt nicht viel, und ich platze, aber ich halte Pits Blick stand und schaffe es, keine Frage zu stellen. Wenn Onkel Pit ein harter Hund ist, will ich härter sein.

„Störte", sagt er schließlich.

„Es waren die Stiefel von Störte."

Ich atme hörbar aus. Das Brodeln tief in mir dringt langsam doch an die Oberfläche. Aufgeregt rede ich jetzt auf Pit ein.

„Dann hat Störte eindeutig etwas mit deinem Unfall zu tun. Zumindest war er dabei. Kannst du dich denn an gar nichts mehr erinnern?"

Pit kratzt sich wieder über den Kopf, als könnten ihm seine Narben einen Hinweis geben.

„Seit ich aus dem Koma aufgewacht bin, hat mein Gedächtnis Lücken, auch für die Zeit vor dem Unfall. Ich weiß zum Beispiel nicht, wo ich in dieser Nacht war und wen ich getroffen habe. Vielleicht war es Störte. Vielleicht kam er auch nur nach meinem Sturz vorbei und hat mich dort liegen sehen."

„Du hast von der Rocker-Kartei gesprochen. Was steht in der Kartei über Störte? Und was hat das mit deinem Unfall zu tun?"

Eine der Veränderungen, die das Schädel-Hirn-Trauma bei Pit ausgelöst hat, ist die Unfähigkeit, sich zu verstellen. Wie bei einem Kind kann man seinem Gesicht sofort ablesen, was er gerade empfindet. Ich bin schockiert, als ich sehe, dass meine Frage bei ihm augenblicklich Angst und Schrecken auslöst.

Er wendet den Kopf ab und blickt wieder ins Nichts. Er schweigt.

„Was ist los, Pit? Wovor hast du Angst?"

Er murmelt unverständlich vor sich hin und lässt den Kopf sinken. Aus dem stolzen Rocker, der mich durch die halbe Stadt dirigiert hat, ist sehr schnell wieder ein kranker Mann geworden. Mir wird klar, wie anstrengend unser Ausflug in die Vergangenheit für ihn sein muss. Ein letztes Mal will ich versuchen, ein Stückchen Wahrheit aus ihm herauszulocken.

„Pit, dir kann nichts geschehen. Niemand wird dir etwas antun. Was ist an Störtes Kartei-Eintrag so bedrohlich?"

Er schluckt und wimmert wieder leise. Aber dann nimmt er sich zusammen und sucht wieder den Blickkontakt mit mir. Diesmal flüstert er.

„Zu gefährlich. Darüber soll ich nicht reden."

„Wer sagt das? Tante Heidi?"

Ich lasse jeden Skrupel hinter mir.

„Tante Heidi ist tot, Pit. Du kannst jetzt selbst entscheiden, ob die Wahrheit ans Licht kommen soll. Wenn du es mir nicht sagen willst, werde ich diesen Störte fragen."

Ich bereue sofort, das gesagt zu haben. Pit reagiert mit heftigem Wimmern und Schaukeln. Er greift nach meiner Jacke und krallt sich darin fest.

„Nein", krächzt er leise, „tu das nicht. Störte ist gefährlich. Das habe ich den anderen immer gesagt. Störte kann man nicht stoppen."

Er bricht ab, wendet den Kopf und verschwindet im Nichts hinter seinen Augen. Ich kenne diesen Zustand. Pit ist nicht mehr erreichbar. Als wir aufbrechen und ich losfahre, wird mir klar, dass ich mit einem gebrochenen Menschen zurückkehre.

6.

Ich sitze auf der Bank hinter dem Haus und sehe der Sonne dabei zu, wie sie langsam hinter dem Schuppen versinkt.

Elke machte mir heftige Vorwürfe, als Pit und ich wieder zuhause eintrafen. Pit wollte ohne etwas zu essen ganz schnell ins Bett. Wir saßen eine Zeit lang neben ihm und sahen ihm dabei zu, wie er mit geschlossenen Augen dalag. Zunächst wollten wir unsere Verabredung mit den anderen absagen, aber nachdem Pit uns nach einer Weile aus dem Raum schickte, entschlossen wir uns, doch aus dem Haus zu gehen.

Jetzt höre ich, wie Elke drinnen mit Gudrun telefoniert und uns im *Bok* auf dem Schulterblatt einen Tisch für sechs Personen reserviert. Ich bin mir nicht sicher, ob ich Lust auf diese Gesellschaft habe. Die Geschichte mit Pit und meinem Vater hat auch mich ziemlich mitgenommen und ich glaube, ich kann den anderen nicht vermitteln, was mich so aufwühlt. Andererseits weckt dieser ganze Stress das dringende Bedürfnis, mir so richtig die Birne wegzuknallen. Schließlich ist es Wochenende.

Ein fremder Klingelton dringt aus meiner Jackentasche und wieder brauche ich einen Moment, bis ich mich an das fremde Handy erinnere. Wahrscheinlich startet der unbekannte Freund englischer Schimpfworte seinen nächsten Kontrollanruf. Ich hole das Handy heraus und lege mir eine paar Beleidigungen zurecht, aber als ich abnehme, meldet sich sofort eine energische Stimme.

„Bredlow hier. Stimmt es, was ich höre?"

Mein erster Gedanke ist, dass sich jemand verwählt und zufällig die Handynummer des Parka-Mannes gewählt hat. Ich bin kurz davor, den Anrufer freundlich darauf hinzuweisen, als in meinem Kopf der Name Bredlow nachhallt. Wo habe ich diesen Namen schon einmal gehört? In einem Sekundenbruchteil ändere ich meine Meinung.

„Was hören Sie denn?", frage ich und hoffe, den Anrufer damit aus der Deckung zu locken. Es knistert in der Leitung, ich höre den anderen atmen.

„Biker, bist du das?"

Einen Augenblick später hat der Anrufer aufgelegt. Diesmal zeigt mir die Nummer im Anrufmanager des Handys, dass der Anruf aus dem Festnetz in Hamburg kam. Leider sind die Zeiten vorbei, in denen ich an der Telefonnummer erkennen kann, in welchem Stadtteil das Telefon zu finden ist. Ich versuche, nicht darüber nachzudenken, wo ich den Namen Bredlow schon einmal gehört habe. Das ist der beste Weg, um sich wieder an etwas zu erinnern, das gerade hinter verschlossenen Pforten liegt. Ich denke zwar über alles Mögliche nach, das Aha-Erlebnis der Erinnerung bleibt mir aber verwehrt. Also wähle ich die Nummer und warte mit grimmiger Miene, bis sich der Anrufer meldet.

„Bredlow."

Die Stimme des Mannes ist angespannt. Ihm wird klar sein, wer da so schnell nach seinem Anruf bei ihm klingelt.

„Hallo, Sie hatten gerade angerufen. Um was geht es denn?"

„Um nichts. Ich hatte mich verwählt."

Ich habe keine außergewöhnlich gute Menschenkenntnis, aber ich würde sofort meine Fazer darauf verwetten, dass dieser Mensch lügt. Also versuche ich es mit einem Bluff.

„Sie sind bestimmt überrascht, dass Sie eine fremde Stimme

hören. Mein Kumpel hat mir sein Handy geliehen. Ich treffe ihn gleich. Soll ich ihm etwas von Ihnen bestellen?"

Dieser Bredlow schweigt. Ich habe das Gefühl, er ist halb am Haken, also lege ich nach.

„Es geht um Pit und die Triumph, nicht wahr? Mein Kumpel hat mir davon erzählt."

Wenn Bredlow bereits vollständig informiert ist, komme ich mit dieser Lüge nicht durch. Aber anscheinend habe ich Glück.

„Wieso verleiht dieser Schwachkopf sein Handy? Dafür hat er es nicht von uns bekommen. Sagen Sie ihm, er soll so schnell wie möglich zurückrufen."

Bingo! Der Mann hat sich nicht verwählt. Nach dem Tonfall zu urteilen, ist Parka-Mann ein Untergebener von ihm. Die Verbindung zu Pit hat er noch nicht bestätigt. Jetzt werde ich tollkühn und versuche es noch einmal.

„Okay, werde ich ihm bestellen. Vielleicht trifft er ja Pit und die Triumph in der Zwischenzeit wieder."

Die Stimme des Mannes ist kalt und unangenehm wie ein japanisches Keramikmesser an der Wirbelsäule, als er antwortet.

„Hör mal, du Schwätzer, wer immer du bist und was immer du gehört hast, am besten vergisst du alles, und zwar sofort. Sonst könnte es dir die Sprache verschlagen, verstehst du?"

Bredlow weiß nicht, wer ich bin und von wo ich anrufe, und trotzdem kommt die Drohung bei mir an. Ich muss gar nicht versuchen, unbeeindruckt zu wirken, denn der Mann hat bereits aufgelegt. Hat er mit seiner Antwort zugegeben, dass Parka-Mann und er Pit kennen? Wenn er nicht wüsste, wovon die Rede ist, hätte er diese Drohung nicht ausstoßen müssen. Wer ist dieser Mensch? Vielleicht kann mir das allwissende Internet weiterhelfen.

Elke plaudert drinnen immer noch mit Gudrun. Ich frage

mich, was die sich zu sagen haben werden, wenn wir uns später am Abend gegenübersitzen, aber mir ist klar, dass ich mir darüber keine Sorgen machen muss. Ich hole mein Laptop auf die Veranda und versuche mich in einer Instant-Meditation, während das Betriebssystem hochfährt. Diese drei Minuten, in denen ich nichts anderes tun kann als warten, erscheinen mir nämlich immer mindestens so lang wie der Zeitraum zwischen dem Urknall und dem ersten Weltmeistertitel von Valentino Rossi, also circa unendlich lang.

Für eine meditative Entspannung gehen mir heute viel zu viele Dinge durch den Kopf. Wie ein Zombie klicke ich mich durch die Prozedur, online zu gehen und den Browser zu öffnen, während sich meine Gedanken um Rocker, Pit und den Mann namens Bredlow drehen. Ich tippe ihn in die Suchmaske und hämmere mit dem rechten kleinen Finger auf die Enter-Taste. Die Suchergebnisse tauchen auf.

Langsam scrolle ich nach unten und überfliege dabei die Links zu einem Autohändler, einem Heilpraktiker, dem Kassenwart eines Fußballvereins und anderen Fundstücken aus der Belanglosigkeit fremder Leben. Auf der ersten Seite mit Suchergebnissen finde ich keinen Link, der mich zum Anklicken reizt, deshalb gehe ich zur nächsten Seite. Und erstarre.

Ganz oben ist ein Link in einem anderen Blauton dargestellt, weil ich ihn vor kurzem bereits einmal angeklickt und die Seite besucht habe. Das Wort *Bredlow* ist auch in der Unterzeile mit einem Zitat aus der Webseite aufgeführt und fett hervorgehoben. Dort steht: *Der Leiter der Rocker-Kartei, Lutz Bredlow, sagte gegenüber dem Hamburger Abendblatt …*

In der vergangenen Nacht habe ich bei meiner kleinen Recherche über die Rocker in Hamburg diese Seite schon gelesen, deshalb kam mir der Name Bredlow bekannt vor. Ich nehme meinen Kopf in beide Hände und starre auf die Tastatur vor mir. Wieso ruft der ehemalige Leiter der Rocker-Datei einen versoffenen Kiez-Penner an und befragt ihn über Onkel Pit? Über wen hat er von Pit gehört? Und wer hat dem Parka-Mann das Handy gegeben?

„Sag mal, warum bist du noch nicht umgezogen? Wir wollen doch gleich los."

Elke steht vor mir, die Arme vor der Brust verschränkt. Ich blicke genervt hoch. Mir vergeht die Lust, ihr von dem Anruf zu erzählen. Ich überlege kurz, ob ich nicht einfach absagen und ohne sie hierbleiben soll, aber dann fällt mir eine andere Lösung ein, die auf der Eskalierungsleiter ein paar Stufen weiter unten angesiedelt ist.

„Ich glaube, ich fahre gleich mit dem Motorrad ins Schanzenviertel. Dann kann ich leichter nach Hause kommen, falls ich wegen Pit unruhig werde und du noch länger in der Stadt bleiben möchtest. Und umziehen muss ich mich auch nicht."

Ich lächle mein bestes Sonnyboy-Lächeln zu ihr hoch, aber sie nimmt mir meine gute Laune nicht ab. Es hat Vor- und Nachteile, wenn man sich so gut kennt wie wir. Immerhin beugt sie sich zu mir herab und küsst mich auf die Nase.

„Na gut. Ich sehe ja, dass dir diese ganze Geschichte nicht aus dem Kopf geht. Hoffentlich hält dich niemand mit deinem falschen Kennzeichen an. Wohl ist mir bei der ganzen Sache nicht."

Ich brumme etwas Unverständliches und blicke noch einmal auf die Browserseite mit den Suchergebnissen. Von diesem Kartei-Leiter Bredlow weiß ich, dass er Lutz mit Vornamen heißt und eine Hamburger Telefonnummer hat. Also gehe ich zu einem Online-Telefonbuch und gebe den vollen Namen als Suchbegriff in Hamburg ein.

Zu meiner Überraschung gibt es nur einen Lutz Bredlow, der ist mit dem Zusatz *Kriminalrat a. D.* und sogar seiner

Adresse eingetragen. Er wohnt in der Kielmannseggstraße in Marienthal, einem der besseren Hamburger Stadtteile.

Schnell kritzele ich die Adresse und Telefonnummer auf einen Zettel in der Brieftasche. Aber jetzt kann ich mich nicht länger mit dem Kriminalrat außer Dienst beschäftigen, denn Elke kommt mit ihrer Tasche aus dem Haus und sieht verdammt nach Aufbruch aus. Sie zeigt nicht das kleinste Anzeichen von Ungeduld und vermittelt damit das genaue Gegenteil. Das funktioniert so gut, dass ich den Laptop nicht herunterfahre, sondern ihn brutal ausschalte und ins Haus trage. Ich schließe die Verandatür, schaue auf dem Weg zur Haustür noch einmal nach dem schlafenden Pit und treffe Elke vor dem Haus, als sie gerade in ihren kleinen Fiat steigt.

„Tschüüüs!", rufe ich ihr mit honigweicher Stimme zu und umrunde das Haus, um die Triumph zu holen. Es ist still geworden in Niendorf, denn das bisschen Autoverkehr in diesem Viertel ist so kurz vor dem Abendessen zum Erliegen gekommen. Umso besser hört man den schönen Sound der Tiger, als ich sie an den Vorgärten vorbei Richtung Stadt lenke. Ich habe mich mittlerweile an das Fahrgefühl der hochbeinigen Triumph und den Sound gewöhnt. Viele Autofahrer und Fußgänger wenden den Kopf, um mich und mein Gefährt zu begutachten. Mit dem Oldtimer und in Pits Rockerkluft sehe ich wahrscheinlich so aus, als sei ich in eine Zeitschleife geraten und zurück in die Zukunft gereist.

Das Schanzenviertel läuft sich gerade warm für eine weitere Sommernacht mit Tausenden von Kneipenbummlern, verliebten Pärchen, Trunksüchtigen und andern Party-Profis. Die Piazza ist vorübergehend nicht ganz so voll wie heute Vormittag, als dort hauptsächlich Galãos und portugiesische Croissants kursierten, denn die Astra- und Gin-Tonic-Fraktionen sind noch im Anmarsch.

Dafür haben alle Restaurants so viele Tische und Stühle wie möglich auf die Bürgersteige gestellt, damit die vielen hungrigen Abendesser draußen sitzen können. Vor dem *Olympischen Feuer* bildet sich trotzdem eine Warteschlange für freiwerdende Tische, während drinnen die Hälfte der Sitzplätze ungenutzt bleibt.

Wie gut, dass Elke für uns reserviert hat. Das *Bok* liegt ganz am Ende des Schulterblatts in Richtung Kiez, so dass während eines Fußballspiels im dazwischen liegenden Stadion das Gebrüll der Pauli-Fans wie eine gigantische Welle über das Viertel rollt und bis in das Restaurant zu hören ist. Besonders, wenn an warmen Tagen wie heute alle Fenster zur Straße weit geöffnet sind.

Ich lasse die Triumph im Leerlauf bis vor die Fensterfront rollen und schalte den Motor aus. Elke, Gudrun und Heiko sitzen bereits an einem langen Tisch direkt am Fenster und beobachten mich dabei, wie ich den Benzinhahn schließe und die Triumph abstelle. Ich zwänge mich an den Tischen und Stühlen im Eingangsbereich vorbei, um zu unserem Tisch zu kommen, und klettere hinter Elkes Rücken auf den Platz direkt am Fenster. Die Triumph steht eine Armlänge von mir entfernt auf der Straße, neben mir sitzt Elke und vor mir steht ein kleines Pils, das Elke in weiser Voraussicht für mich bestellt hat. Ich lehne mich zurück, lege meinen linken Arm um Elke, proste mit dem Bier in der rechten Hand den dreien zu und nehme einen kräftigen Schluck. Alter Schwede, das kommt gut!

Augenblicklich legt sich ein sanfter Schleier über meine Sinne und mein Großhirn schaltet in einen verlangsamten Arbeitsmodus. Ich checke das Gespräch zwischen Elke und Gudrun, von dem ich ein paar Reizwörter zu mir durchdringen lasse, vergewissere mich dabei, dass meine Beteiligung nicht angesagt ist, und überlasse mich einer Flut von Gedanken rund um Koffer-Fotos, Rocker, Kiezprügeleien und geheimnisvolle Handy-Anrufe.

Heiko sitzt auf der anderen Seite des Tisches und sucht Augenkontakt mit mir, um ein zweites Gespräch zu starten und es quer über das zwischen Elke und Gudrun zu legen, aber ich weiche seinem Blick aus und blicke lieber auf die Triumph und die Flaneure auf dem Schulterblatt. Ich kenne Heiko über Gudrun und habe bisher noch nicht so viel mit ihm geredet, aber das ist nicht der Grund für mein Verhalten.

Mich beschäftigen die Ereignisse mehr als mir lieb ist und ich befürchte, ich kann das anderen Menschen schlecht vermitteln. Wenn ich Heiko ausführlich von meiner Entdeckung und meinen Gefühlen dazu berichte, wird er meine Aufregung nicht nachvollziehen können. Vielleicht wird er mir erzählen, dass sein Vater heimlich ein Bayern-Fan ist oder früher in tiefer gelegten Golfs durch die Gegend fuhr oder ein Hardcore-Hippie mit freier Liebe und so weiter war oder sonst irgendetwas unglaublich Peinliches gemacht hat.

Also ignoriere ich seinen hilfesuchenden Blick, bis er einen Joker ausspielt und mir ein Gesprächsangebot macht, dass ich nicht ablehnen kann. Er beugt sich ziemlich weit über den Tisch, bis er den Blickkontakt zwischen Gudrun und Elke fast blockiert, zeigt auf die Triumph und sagt „Das is' ne Honda, oder?". Ich sehe ihn grübelnd an. Entweder versucht er, mich auf den Arm zu nehmen oder der arme Junge weiß es wirklich nicht besser. Ich entscheide mich für die zweite Möglichkeit und zeige ihm meine beiden Zahnreihen.

„He, gut erkannt, Heiko. Das ist ein totales Sondermodell von Honda, ausnahmsweise in England gebaut, mit viel Liebe zum Detail. Andere Gewindegrößen eingebaut, weiche Ventile, Schaltung versetzt und so weiter, du weißt schon."

Heiko lächelt warmherzig zurück und nickt heftig.

„Ja, eine Honda erkenne ich sofort. Mein Bruder hatte auch eine. Bin ich früher hintendrauf mitgefahren."

„Hatte die Honda von deinem Bruder auch beleuchtete Kolbenrückholfedern?"

Jetzt ist Heiko an der Reihe, skeptisch zu gucken. Meine Erwiderung klang wohl etwas zu hysterisch. Das hat auch Elke trotz ihres Gesprächs mit Gudrun herausgehört, sie legt mir ihre Hand unter dem Tisch auf den Oberschenkel und tätschelt ihn beruhigend. Vielleicht hat sie Recht. Heiko langweilt sich nur und ist bereit, alles zu tun, um aus seinem Funkloch auf der anderen Seite des Tisches herauszukommen.

„Ja", sagt er, „so ein Kolbenfeder-Ding hatte mein Bruder auch."

„Ich schlage vor", sage ich laut zu allen und beende damit abrupt das Gespräch zwischen Elke und Gudrun, „wir zwitschern jetzt erst mal so richtig einen. Tequila für alle!"

In diesem Moment kommen auch Sven und Jasmin herein. In dem entstehenden Getümmel kann ich die Bedienung am Ellenbogen erwischen und bestelle sechs braune Tequila. Sven wird vom Schicksal leider am anderen Ende des Tisches platziert und kann nicht mehr als fragende Blicke zwischen mir und der Triumph hin- und herschicken, denn die Entfernung und der Lärmpegel im Restaurant machen eine Unterhaltung zwischen uns nur möglich, wenn wir brüllen. Heiko stürzt sich aber sofort auf ihn, zumal Jasmin, Elke und Gudrun ein undurchdringliches Gesprächsdreieck aufgebaut haben, an dem auch Sven abglitscht wie ein Spiegelei an Teflon. Wahrscheinlich erzählt ihm Heiko gerade von der Kolbenrückholfeder, was Sven als patentierter Motorradteile-Verkäufer aber mit einem undurchdringlichen Pokerface und einem Zen ähnlichen Zustand innerer Leere aufnehmen wird. Wer über einige Jahre die absolute Ahnungslosigkeit mancher Kunden erlebt hat, ist von einem grenzenlosen Gleichmut gegenüber der Menschheit erfüllt.

Die Bedienung kommt und stellt die sechs Tequila auf einem runden Blechtablett vor mich auf den Tisch. Ich nehme mir meinen Tequila, proste unbemerkt in die Runde und kippe ihn hinunter. Mir fällt ein, das Elke überhaupt keinen Tequila mag, deshalb trinke ich ihren gleich hinterher.

Die beiden Schnäpse zeigen Wirkung. Der Lärm im Lokal steigert sich urplötzlich um einige Dezibel. Ich sehe nur die Münder der anderen, die sich im Gleichtakt zu öffnen und zu schließen scheinen, kann aber kein Wort verstehen.

Mir ist das ein wenig unheimlich, also greife ich mir noch einen Tequila, um die Angst zu bekämpfen. Jetzt stehen drei einsame Schnapsgläser auf dem Tablett und warten darauf, von den anderen bemerkt zu werden. Die sind aber immer noch in ihre wortlosen Dialoge vertieft und ignorieren das Tablett mit den Gläsern.

Vielleicht bilde ich mir auch nur ein, dass die Bedienung die Tequila gebracht hat und die anderen trinken nicht, weil es nichts zu trinken gibt. Um das herauszubekommen, kippe ich noch einen Tequila und dann noch einen, um sicher zu sein. Jetzt steht nur noch ein volles Schnapsglas zwischen den anderen leeren. Das fürchtet sich bestimmt, so ganz allein. Also bringe ich es schnell zu seinen Kumpels in meinem Magen, alles andere macht keinen Sinn. Elke sieht mich an.

„Was ist mit dir? Du bist ja ganz gelb!“

Kann ja gar nicht sein, was redet die Frau? War schließlich brauner Tequila. Trotzdem stehe ich abrupt auf und dränge mich grob an Elke und den anderen vorbei. Ich möchte zur Toilette und zwar schnell. Ich schwöre, ich schwanke nicht, als ich mich zwischen den Tischen voller Frühlingsrollen, Grüner-Curry-Hühner und Thai-Suppen fortbewege.

Sicherheitshalber nehme ich die Reling der Theke zur Hilfe und folge der Richtung, die diese mir vorgibt. Tatsächlich stoße ich am Ende des Raumes auf die Tür zur Toilette und darin auf mein grässlich grinsendes Spiegelbild in einem großen Spiegel mit Edelstahlfassung. Pits Jacke und die Kutte darüber sehen absolut lächerlich aus bei einem Typ, der sich so hilflos auf dem Waschbecken abstützt wie ich gerade. Ich mache ein Django-Gesicht. „Störte", sage ich mit Reibeisenstimme zu meinem Spiegelbild, „ich kriege dich noch, du Ratte."

Die Tür wird aufgestoßen und ein kleiner Mann mit einem karierten Hütchen kommt herein, nach seinem Bewegungsmuster zu urteilen ebenfalls ein Opfer des unsichtbaren Tequila. Er geht zum Pissoir und singt dabei leise vor sich hin. Ich weiß nicht warum, aber ich singe mit. Der Mann verdreht den Kopf, bis der in einer unmöglichen Position nach hinten zeigt, und betrachtet mich vom Scheitel bis zur Sohle. In der Zwischenzeit kann ich mir in aller Ruhe sein Gesicht ansehen. Der Mann hat einen dünnen Oberlippenbart und große Ohren, die seinen Hut an Ort und Stelle halten. Sein Alter ist unmöglich zu bestimmen.

„Rocker, hm?", sagt er mit scharfer Stimme. „Gibt es das Outfit jetzt fertig so bei H & M? Du solltest froh sein, dass es heute keine Rocker mehr gibt, mein Junge. Gerade hier in dieser Kneipe. Ich war dabei, als die hier in diesem Laden mit ihren Harleys bis zur Theke gefahren sind. So ein Imitat wie du wäre mit dieser Kluft nicht mehr gerade aus dem Etablissement herausgekommen, das schwöre ich dir."

Der Hutträger ist fertig am Pissoir und kommt zu mir. Er stellt sich dicht vor mich hin und guckt mich von unten frech an.

„Na, kann ich mal?"

„Was denn? Was ist los?"

Mir ist der kleine Mann unheimlich und viel zu nah. Mein Django-Gesicht hat sich verflüchtigt.

„An das Waschbecken, du Rocker. Hat deine Mama dir nicht beigebracht, dass man sich die Hände wäscht, wenn man auf Toilette gewesen ist?"

Ich mache einen schnellen Schritt zur Seite und gebe das Waschbecken frei. Dabei stoße ich an die Tür und torkele rückwärts zurück in das Restaurant, bis mich die breite Theke auffängt. Ich drehe mich um und überblicke den Raum. Die vielen Gesichter an den Tischen vibrieren leicht und verursachen ein Schwindelgefühl. Ich suche vor der Theke nach Harleys und Hells Angels, kann aber keine erkennen. Durch das breite Fenster fällt ein rotes Flackern in den Raum und legt sich wie das Licht eines Sonnenuntergangs über alle Gäste und ihre Speisen. Auf der anderen Straßenseite des Schulterblatts lodert eine BMW in hellen Flammen.

7.

Wir essen, während draußen die Feuerwehr auffährt und in aller Ruhe löscht, was von der BMW übriggeblieben ist. Zwei Polizeiwagen sperren das Schulterblatt in gebührendem Abstand nach beiden Seiten ab. Rotierendes Blaulicht und Polizeipräsenz reichen normalerweise in diesem Viertel aus, um die Straßen innerhalb von Minuten mit Menschen zu füllen, die eine spontane Demo vermuten und „erhebliches Gewaltpotential" in sich tragen, wie es im Polizeibericht am nächsten Tag dann immer so schön heißt. Aber heute scheint niemand Lust auf eine kleine Straßenschlacht zu haben, man steht friedlich mit einem Bier in der Hand beisammen und kommentiert das Feuer. Ich nehme mir Unmengen von Reis zu meinem Hühnerfleisch mit Cashewnüssen und das hilft, mich wieder einigermaßen zur Besinnung zu bringen. Aber Probleme mit der entspannten Konversation dieser Essensrunde habe ich immer noch.

„Was hältst du von der offiziellen Version der Polizei, dass die BMWs angeblich nicht in Brand gesteckt werden, sondern von alleine in Flammen aufgehen?"

Sven versucht offensichtlich, mich mit diesem Gesprächsthema aus meiner Ecke zu holen. Wir haben bei unseren Treffen am Mittags-Imbiss darüber fabuliert, welcher BMW-Hasser für diese Brandserie verantwortlich sein könnte. Ich vertrete die Meinung, es müsse sich um einen Idealisten, vielleicht einen Ducati-Fahrer, handeln, der die Welt im Alleingang vom Übel diverser BMW-Modelle befreien möchte. Sven glaubt eher, ein enttäuschter BMW-Fahrer sei am Werk, der seinen Frust über sein eigenes Motorrad auf diese Weise auslebt. Das sind natürlich nicht ernst gemeinte Flachsereien, in Wahrheit sind BMWs schöne und begeisternde Motorräder.

„Wie soll das denn funktionieren? Auf Grund eines technischen Fehlers? Und wieso verbrennen dann nur im Raum Hamburg BMWs? Ist das eine Art von radikaler Rückruf-Aktion, bei der BMW nach Postleitzahlen vorgeht? Nach dem Motto: *Dieses Fahrzeug vernichtet sich nach zwölf Monaten selbstständig*, oder was?"

Svens Vorstoß ist geglückt, lautstark erwidere ich quer über den Tisch seine Frage. Elke sieht mich missbilligend an.

„Brüll doch nicht so", sagt sie und bleibt dabei eisenhart freundlich. Das ist heute Abend leider die beste Art und Weise, um mich richtig auf die Palme zu bringen.

„Na, dann bleibe ich eben lieber wieder still und höre euch zu, wie ihr über Gartenpflanzen oder Eissorten oder weiß der Himmel was sonst noch redet!"

Diesmal habe ich wirklich gebrüllt. Ich weiß sofort, dass ich im Unrecht bin und das macht mich nur noch wütender. Mit meinem immer noch leicht benebelten Fuselhirn fällt mir kein anderer Ausweg aus der Situation ein, als sie eskalieren zu lassen. Ich stehe abrupt auf, kippe dabei meinen Stuhl einer Frau am Tisch hinter mir ins Kreuz, so dass sie ihre Shrimps auf den Teller zurückspuckt, trinke im Stehen in einem Zug mein frisches Bier aus und verlasse das Lokal. Auf der Straße stehe ich vor dem Fenster und sehe die entgeisterten Gesichter der anderen wie auf dem Bildschirm eines riesigen Flatscreen-Fernsehers. Ich lehne mich nach innen und angele vom Fußboden den Motorradhelm nach draußen.

„Leute, einem Rocker wie mir ist heute nicht nach Gequatsche. Warnix – machtnix. Wir sehen uns später. Frohe Weihnachten. Und so weiter."

Ich rede ein bisschen unzusammenhängendes Zeug durch das Fenster, während ich den Helm aufsetze und den Seitenständer der Triumph einklappe. Kein schlechter Umstand, dass das Stück Straße von der Polizei gesperrt ist und ich die Triumph bis zur nächsten Ecke schieben muss, sonst wäre ich womöglich losgefahren und den Vollzugsorganen der Staatsanwaltschaft garantiert als nicht fahrtüchtig aufgefallen. So schiebe ich die Triumph bis über die Ampel an der Schanzenstraße und starte sie auf dem Bürgersteig.

Mein Selbstvertrauen ist grenzenlos, wesentlich ausgeprägter als mein Gleichgewichtssein, aber glücklicherweise ist irgendein Kontroll-Team in meinem Hirn noch auf Sendung und meldet meinem Bewusstsein, dass ich eine komplette Fahrspur an Platz brauche, um mich einigermaßen in eine Richtung fortzubewegen.

Während sich die verschiedenen Entscheidungsinstanzen in meinem Hirn noch um ihre Kompetenzen streiten, habe ich die Triumph unfreiwillig mit viel Schwung auf den Bürgersteig der anderen Straßenseite gesetzt. Ich bremse gerade noch rechtzeitig vor einem mattschwarz lackierten Pickup, die Triumph neigt sich zur Seite, der Motor verstummt mit einem Schlag. Fluchend richte ich die Triumph auf und blicke hoch.

Ich stehe vorm *Dschungel*, Hamburgs Kneipe mit dem besten White Russian. Vielleicht sollte ich das als Schicksalsfügung sehen und besser nicht weiterfahren. Mit ein wenig Glück könnte ein Beobachter meine Vorfahrt als das kontrollierte Einparken eines grobmotorischen Rockers werten. Also kicke ich den Seitenständer heraus, platziere den Helm auf dem Rückspiegel und betrachte die Bar von außen.

Der *Dschungel* ist als Kneipe nicht besonders sexy. Das Teil ist dunkel, heruntergekommen und von meist ziemlich verzweifelt aussehenden Trinkern besucht. Dazu läuft auch noch Gitarrenmusik, die vor 20 Jahren zuletzt richtig angesagt war. Zumindest ist der *Dschungel* mit seinem Styling aber authentisch, der war einfach immer so und wird auch so bleiben, egal, welche Veränderung sich neumodische Yuppies wünschen mögen.

Mit meiner Kluft falle ich jedenfalls nicht besonders auf, als ich mich durch die halboffene Tür und an den zahlreichen Gästen vorbei zur Theke schiebe. Der Barmann versucht als Profi, mich und mein Bedrohungspotential mit einem schnellen Blick zu taxieren. Er stößt sich ruckartig von seinem Hocker ab und kommt zu mir. Sein dünnes Lächeln verrät, dass er sich nicht ganz sicher ist, ob ich ein echter Rocker oder nur eine Retro-Version bin, als die mich der Hutträger im *Bok* erkannt hat. Ich muss zugeben, es gefällt mir, dass er mich sicherheitshalber mit gesteigerter Aufmerksamkeit bedenkt. Das Django-Gesicht gelingt mir mittlerweile ganz gut und auch meine Stimme scheint etwas formatfüllender als sonst, was aber auch an den sechs Tequila liegen kann.

„White Russian", sage ich ernst. Der Barmann nickt knapp und tritt zurück, um den Drink zu mixen. Ich sehe ihm zu, wie er mit Kahlúa, einem Kaffeelikör, und Sahne hantiert. Mein Blick macht ihn nervös. Er lässt einen Eiswürfel aus Versehen neben das Glas fallen und lacht übertrieben laut über seine Ungeschicklichkeit. Schließlich stellt er das Glas mit dem milchigen Inhalt vor mich auf den Tresen und knabbert an seiner Unterlippe. Der White Russian ist extra stark und perfekt. Ich nicke langsam, der Barmann entspannt sich.

Weil ich keine Ahnung habe, wie ich meine Rolle als Neo-Rocker weiterspielen soll, schweige ich und starre vor mich hin. Der Wodka aus dem White Russian vereinigt sich in mir mit dem Tequila und beide zusammen bekämpfen konzentriert die ernüchternde Wirkung, die das Hühnchen und der Reis gehabt haben. Ich erinnere mich an meine Ausfahrt mit Pit von heute Morgen und sehe ihn vor mir, wie er sich mit seinen Fingern über die grauen Narben in seiner Schädelhaut streicht. Eine ziellose Wut steigt in mir hoch. Der Schuldige an den Narben und der ganzen Verlogenheit meiner Familie läuft wahrscheinlich gerade irgendwo da draußen herum und lässt es sich gutgehen.

„Bist du hier, weil du dich für den alten Angels Place interessierst?"

Der Barmann hat sich offensichtlich entschlossen, seinen Service nicht auf das Mixen von Getränken zu beschränken, sondern gleich auch ein angemessenes Konversationsthema vorzuschlagen. Was tut man nicht alles, um seine Gäste zufrieden zu stellen.

Ich antworte ihm mit der geballten Leuchtkraft meines Django-Gesichts und schweige. Denn ehrlich gesagt habe ich keine Ahnung, welche Verbindung zwischen dem Dschungel und der ehemaligen Stammkneipe der Hamburger Angels bestehen könnte. Vielleicht lagen die nur dicht beieinander, vielleicht ist aber der Dschungel entstanden, als das Angels Place dichtmachte und seinen Namen wechselte. Mein Schweigen scheint die richtige Antwort gewesen zu sein, denn der Barmann lehnt sich über den Tresen dicht zu mir herüber und deutet mit dem Zeigefinger der aufgelehnten rechten Hand den Tresen entlang.

„Da drüben steht Biker. Der war damals schon dabei und kann dir alles darüber erzählen."

Ich blicke auf den Zeigefinger und dann langsam in das Gesicht des Barmanns. Der springt wie ein Tischfeuerwerk aus der intimen Nähe zu mir zurück hinter den Tresen. Erst dann drehe ich langsam meinen Kopf und blicke den Tresen entlang. Verschiedene Paare, Berufstrinker und einsame Herzen klammern sich mehr oder weniger verzweifelt an den Tresen.

Ganz am Ende, mit dem Rücken zur Wand, steht der Parka-Mann mit geschlossenen Augen und bewegt sich unrhythmisch zur Musik. Mich überkommt eine Art alttestamentarische Ruhe. Ich gehe die wenigen Schritte bis zum Parka-Mann ohne mich darum zu kümmern, ob die Menschen am Tresen mir Platz machen. Im Schutz der lauten Musik stelle ich mich unbemerkt dicht vor ihn und betrachte das vernarbte Gesicht mit den geschlossenen Augen.

„He, Aller", sage ich schließlich mit meiner Bassbariton-Stimme, „du hast dein Handy liegen lassen."

Der Parka-Mann schreckt hoch wie aus einem Alptraum und findet die Inkarnation seiner Rocker-Vergangenheit eine Handbreit vor sich.

„Gagaamnh", stammelt er heiser. Ich nicke verständnisvoll.

„Ganz wie du meinst. Was ich dich immer schon mal fragen wollte, du kennst also Pit aus der guten alten Zeit? Zusammen mit der Triumph, der Jacke hier und der Kutte?"

Er schaut an mir herunter, als würde er zum ersten Mal registrieren, dass ich ein grüngestreifter Alien bin. Anschließend bemüht er sich vergeblich, etwas zu sagen und mir wird klar, dass es ihm die Sprache verschlagen hat. Also versuche ich es mit dem brutalstmöglichen Vorschlag zur Völkerverständigung, der auf diesem Planeten existiert.

„Ich lade dich ein. Was möchtest du trinken? Ich nehme noch einen White Russian. Und du?"

Er räuspert sich, dann kann er endlich wieder artikulieren.

„Astra", sagt er kurz und bündig. Auch gut. Ich winke dem Barmann zu und bestelle das Bier und eine Wodkamilch. Wir schweigen, bis die Getränke vor uns stehen und sich der Barmann wieder zurückgezogen hat. Ich lasse das Eis in meinem Glas klingen und proste dem Parka-Mann verhalten zu. Der reagiert darauf nicht, steckt sich aber die Flasche in den Hals und saugt sie halb leer. Berufstrinker haben halt eher ein Arbeitsverhältnis zu ihrem Gift. Ich nehme einen männlichen Schluck aus meinem Glas und stelle es auf die Theke. Ganz bestimmt imponiert ihm mein Milchmixgetränk nicht, aber daran kann ich jetzt auch nichts mehr ändern.

„Bist du mit den anderen damals unterwegs gewesen? Mit Pit, Ritchie, Jon und Nils?"

Der Parka-Mann zuckt mit den Schultern, dann nickt er und blickt mich einigermaßen selbstbewusst an.

„Und mit Störte", schiebe ich nach. Das reicht, um ihm wieder den Ausdruck eines gehetzten Rehs in die Augen zu treiben. Ich versuche schnell, von dem Namen und seiner Bedrohung abzulenken.

„Was für ein Motorrad bist du denn damals gefahren?"

Endlich besteht seine Antwort aus mehr als zwei Silben.

„Eine BMW. Ein ehemaliges Polizei-Motorrad. Fuhr nicht schlecht. Im Vergleich zu Pits Triumph war die aber natürlich nur zweitklassig."

Er lacht vorsichtig. Ich stimme gerne in sein Lachen ein. Einerseits möchte ich ihm die Zunge lockern, aber abgesehen davon ist es auch ziemlich abgefahren, mir einen schlimmen Rocker auf einer Polizei-BMW vorzustellen. Ich proste ihm noch einmal zu und trinke meinen Russian auf ex. Das restliche Eis dreht sich in rasanter Kreisfahrt, als ich das Glas auf die Theke knallen lasse.

„Noch ein Astra, der Herr?", frage ich meinen Trinkkumpanen und lächle dabei zuckersüß. War natürlich nur eine rhetorische Frage, ebenso gut hätte ich einen Ertrinkenden fragen können, ob er einen Rettungsring gebrauchen kann. Der Parka-

Mann nickt und ich hebe den Zeigefinger, was sofort den Barmann auf den Plan ruft.

„Wir beiden Hübschen hätten gerne noch mal das Gleiche, falls das möglich ist", sage ich zu ihm. Wie wundervoll doch der zivilisierte Umgangston von vernünftigen Erwachsenen sein kann. Unsere Drinks kommen und ich proste dem Parka-Mann wieder artig zu, als wären wir bei einem Steh-Empfang zur Eröffnung einer neuen Bank-Filiale, bevor ich unsere Konversation wieder aufnehme.

„Und was ist in den vergangenen dreißig Jahren mit dir passiert? Pit und die anderen sind brave Familienväter, Störte erfolgreicher Unternehmer – und warum lebst auf der Straße?"

Biker zuckt wieder mit den Schultern und zeigt mir eine Reihe extrem sanierungsbedürftiger brauner Zähne.

„Das Saufen", sagt er und leert die Flasche Astra. Ich nicke. Das war eine selten dämliche Frage von mir. Alkohol war nie mein Ding, aber dass er einen Menschen komplett umkrempeln kann, erfahre ich gerade an mir selber. Der Wodka rauscht mächtig in meinem Kopf, ich fühle mich stark und sicher und beschließe, die Daumenschrauben von Biker wieder etwas fester anzuziehen. Ich hole sein Handy aus der Jacke und halte es ihm hin.

„Bevor ich es vergesse, hier ist dein Handy. Ich habe es nicht benutzt."

Er greift danach, aber ich lasse nicht los und zwinge ihn so, mich anzusehen.

„Bin aber drangegangen, als es geklingelt hat. Er war in der Leitung. Wir haben über alles geredet."

Ich habe keine Ahnung, wo ich mit diesem Bluff hin will. Der Parka-Mann hält meinem Blick stand, klimpert aber heftig mit den Augen.

„Geredet? Über was?"

Ich beschließe, in die Vollen zu gehen.

„Über den Unfall. Und die Kartei. Ich weiß Bescheid."

Die Wirkung meiner Worte auf Biker ist faszinierend. Er blickt hektisch über meine Schulter, als wolle er sicher gehen, dass uns niemand belauscht, und sieht mich dann wieder mit feuchten Augen an.

„Du, du weißt Bescheid? Er hat dir von seinem Eintrag in die Kartei erzählt?"

Ich nicke düster. Schließlich kenne ich angeblich ein mächtiges Geheimnis. Ich wünschte, ich würde es wirklich kennen.

„Das glaube ich nicht. Nur ganz wenige Leute wissen davon. Störte würde dir niemals davon erzählen."

Der Parka-Mann muss sich seiner Sache sehr sicher sein, denn er wirkt überraschend selbstbewusst, als er dies sagt. Immerhin hat er gerade verraten, dass er gestern an der Tankstelle tatsächlich mit Störte telefonierte. Das macht es auch sehr wahrscheinlich, dass Störte der schweigsame Anrufer mit den erstaunlichen Englischkenntnissen war. Die trotzige Haltung des Bikers weckt in den Tiefen meines alkoholverseuchten Gefühlshaushaltes wieder diese ziellose Wut, die in den letzten Stunden manchmal über mich kam. Ich lasse das Handy los und packe ihn stattdessen am Kragen seines Parkas.

„Was du glaubst, Aller, spielt hier keine Rolle. Störte sagt, du sollst dich bei ihm melden, und zwar sofort."

Der Parka-Mann umklammert mit einer Hand sein Handy, mit der anderen die leere Flasche Astra. Er wankt, weil ich ihn am Kragen halte und selber wanke. Obwohl er einen halben Kopf größer ist als ich, fühle ich mich ihm grenzenlos überlegen. Ich blicke kurz über meine Schulter zu dem Barmann, der unser kleines Tête-à-tête geflissentlich ignoriert, packe Biker auch mit der zweiten Hand am Kragen und schiebe ihn energisch an der Wand entlang, bis er mit dem Rücken vor der Toilettentür angekommen ist. Dann drücke ich mit ihm die Tür auf und schubse ihn anschließend mit beiden Händen vor die Brust, so dass er rückwärts stolpert und mit dem Rücken zur Wand zwischen zwei Pissoirs auf dem Boden landet. Ich folge ihm in die Toilette.

Aus dem Augenwinkel sehe ich mich, wie vor einer knappen Stunde in der Toilette des *Bok,* im Spiegel über dem Waschbecken. Ich sehe mich, aber ich erkenne mich nicht wieder. Ein Madman steht da, mit blutunterlaufenen Augen, den Mund weit aufgerissen, die Finger abgespreizt, als seien sie Klauen. So stürze ich mich auf den alten Mann, der da zwischen den stinkenden Keramikschalen auf dem Boden kauert, drücke ihm ein Knie auf die Brust und hole mit der rechten Faust, den Ellenbogen weit nach hinten gedrückt, neben meinem Ohr aus. Meine Stimme hört sich wie eine Charles-Bronson-Imitation an, als ich den Parka-Mann unter mir anschreie.

„Los, ruf ihn an!"

Er wimmert und windet sich, das Handy und das Astra in den Händen, hilflos wie ein Baby. Ich bin vollkommen außer mir. Mit der linken Hand nehme ich ihm die Flasche ab und zerschmettere sie an der gekachelten Wand neben ihm. Glasstücke fliegen durch den Raum, ein Splitter schlitzt ihm die Wange auf und lässt rosafarbenes Blut hervorquellen.

„Drück die verdammte Nummer, du Penner! Ruft ihn an, jetzt!"

Und dann, zum ersten Mal in meinem Leben, schlage ich einen Menschen ins Gesicht. Meine Faust ist nicht richtig geballt und mein Gleichgewichtssinn zu angeschlagen, um viel Wucht in meinem Schlag landen zu lassen, aber der Kopf des Mannes knallt gegen die Kacheln und auf seiner Wange bildet sich ein roter Fleck. Für einen Sekundenbruchteil bin ich absolut nüchtern. Mir wird bewusst, was ich getan habe, und ich schäme mich unendlich dafür. Dann beginnt Biker, mit dem Daumen eine Nummer in das Handy einzugeben und der Augenblick meiner Besinnung ist vorüber. Ich öffne die Faust, packe seine Hand mit dem Handy und zwinge sie so nah an mein Ohr, dass ich hören kann, wie es bei der gewählten Nummer klingelt. Wir beide hocken da am Boden und beugen uns in einer unbequemen Haltung vor, als wollten wir jemanden mit Geburtstagswünschen um Mitternacht überraschen. Das Klingeln bricht ab, jemand hat den Anruf entgegengenommen. Es bleibt still in der Leitung. Mit dem Knie stoße ich Biker an und zeige mit einer Kopfbewegung auf das Handy.

„Hallo?", sagt er und hört sich dabei an wie jemand, der geschlagen wurde und zwischen zwei Pissoires auf dem Boden hockt, mit einem fremden Knie auf der Brust.

„Der Typ sagt, ich soll dich anrufen. Du hast ihm alles erzählt?"

Aus dem Handy kommen Zischlaute. Ich verstehe kein Wort, anders als Biker, der zuhört und erstarrt. Ich versuche, die Hand mit dem Handy näher an meinen Kopf zu ziehen, aber Biker ist plötzlich steif wie ein Brett. „Sofort … Ratte … CCH", viel mehr kann ich nicht verstehen.

Ohne jeden Zweifel hat aber der Parka-Mann genug verstanden und vor den Drohungen aus dem Handy mehr Angst als vor mir. Er richtet sich auf, obwohl mein Knie weiter gegen seine Brust drückt. Wir beide umklammern das Handy, während er aufsteht, und so stehen wir uns auf Armeslänge gegenüber wie zwei Messerkämpfer, die sich an den Handgelenken zusammengebunden haben. Und dann schlägt Biker mir in den Magen. Ich lasse das Handy los, er verschwindet.

Mein Kreislauf schaltet sich kurzfristig ab und als er wiederkehrt, schickt er eine Welle heftiger Übelkeit von ganz unten im meinem Magen nach ganz oben in meinem Hals, bis ich da unten auf dem ehemals weißen Boden hocke und alle Tequilas, Hühnerbeine und White Russians des Tages großflächig unter den Pissoirs verteile.

Ich schnappe nach Luft und zittere. Eine Minute vergeht, in der ich die Fliesen unter mir genau betrachte, während ein großer Schweißtropfen von meiner Stirn auf den Boden tropft. Dann kann ich mich langsam aufrichten und zum Waschbecken wanken. Ich vermeide es, in den Spiegel zu sehen. Aus dem Wasserhahn fließt das Wasser nur in einem kleinen Strahl, ich sammele es in meinen Händen, um mir den Mund zu spülen. Langsam kann ich mich wieder aufrichten. Ich lehne mit dem Rücken gegen die Toilettentür und atme tief, als sie plötzlich aufgestoßen wird und ich wieder zum Waschbecken taumele. Zwei Männer kommen herein, lautstark in ein Gespräch vertieft, ignorieren mich und den Bodenbelag vollkommen, stellen sich vor die Becken und pissen, während sie sich die Namen von Fußballspielern an den Kopf werfen. Ich ziehe mich vorsichtig zurück.

Der Barmann betrachtet mich wesentlich skeptischer als vor zehn Minuten. Wahrscheinlich habe ich jede Aura verloren, die Anlass zu irgendeiner Form von Respekt gibt. Ich winke matt mit einem Fünfzig-Euro-Schein. Das imponiert dem Barmann wenigstens so sehr, dass er sich mir nähert, den Schein schnappt und Wechselgeld auf den Tresen blättert. Ich lasse wahnsinnige zehn Euro als Trinkgeld liegen, mache ein Peace-Zeichen und tattere nach draußen.

Sauerstoff gehört zu den meist nicht ausreichend gewürdigten Elementen dieses Universums. Ich nehme so viel davon auf, wie mir gerade möglich ist und bereite die Triumph auf ihre wahre Bestimmung als Fortbewegungsmittel vor. Keine Ahnung, wie spät es ist und wohin ich nun fahren soll. Ich starte das Motorrad und fahre auf Autopilot los.

Erfreut bemerke ich, dass ich an roten Ampeln anhalte und auch sonst keine extremen Reaktionen von anderen Verkehrsteilnehmern hervorrufe. Ich stehe eine Weile an einer Ampel mit Blick auf den Bunker an der Feldstraße und bemerke erst als ich losfahre, dass auf der Fahrspur links neben mir ein Streifenwagen steht, aus dem mich zwei Polizisten interessiert beobachten. Ich ignoriere sie und gebe etwas langsamer Gas, um keine Aufmerksamkeit auf die nicht vorhandenen Lärmvorschriften für Auspuffanlagen aus den siebziger Jahren zu lenken. Der Streifenwagen überholt mich und biegt links ab ins Karoviertel. Unbehelligt komme ich bis zur nächsten Ampel. Als ich dort abbiege und die Hinweisschilder sehe, weiß ich auch wieder, wohin ich gerade fahre.

Vor mir liegt das Hochhaus des Kongresszentrums CCH mit seiner unterirdischen Durchfahrt zu den Parkplätzen und dem Bahnhof Dammtor. Der Zischer am Handy des Parka-Manns hatte das CCH erwähnt und irgendwas in mir konnte sich das trotz eines umgedrehten Magens merken. Vielleicht habe ich Glück und treffe die beiden dort noch an.

Die mehrspurige Abfahrt zur Unterführung schimmert psychedelisch in orangefarbenem Licht, wie man es von belgischen Autobahnen kennt. Eine große Limousine kommt mir auf der anderen Spur mit hoher Geschwindigkeit entgegen und verschwindet in der Nacht. In der leichten Kurve der Unterführung schimmert etwas auf dem Asphalt. Obwohl es seit Tagen nicht mehr geregnet hat, scheint dort eine große Pfütze zu stehen. Ich fahre noch langsamer und nehme sicherheitshalber den rechten Fuß von der Fußraste, um vorsichtig die Tiefe der Pfütze zu erkunden. Einen Wimpernschlag lang blicke ich auf meinen Fuß in der Pfütze. Was ich dort sehe, veranlasst mich zu einer Vollbremsung. Die Triumph rutscht hinten weg und steht quer am Rand der Pfütze, der Motor ist abgewürgt. Ich habe eben alles ausgekotzt, was in mir ist, aber jetzt japse ich schwer, damit ich mich nicht auf den Tank der Triumph übergebe. Die Pfütze unter mir besteht nicht aus Wasser, sondern aus Blut.

8.

Es ist absolut still in der Unterführung. Der Moloch Hamburg mit seinem Lärm lauert am anderen Ende, wo es wieder bergauf und ins Freie geht. Die Eingänge in das CCH und das danebenliegende Hotel sind um diese Uhrzeit verschlossen, keine Menschenseele weit und breit in Sicht. Das gelbe Licht in der Unterführung verpasst dem Blut unter der Triumph einen perversen Stich ins Bräunliche. Ich zittere, als ich die Maschine vorsichtig mit rudernden Beinen aus der Pfütze und bis zum Rand der Straße manövriere. Den Kopf drehe ich so weit wie möglich nach hinten, um die große, schillernde Fläche betrachten zu können.

Dies ist nicht das Blut eines Kaninchens, einer Katze oder eines anderen tierischen Stadtbewohners, so viel Blut haben diese Tiere nicht in sich. Was ich sehe, erklärt sich auch nicht durch die Platzwunde eines Fahrradfahrers, der sich mit oder ohne Einwirkung eines Autos die Knie aufgeschürft hat. Hier hat ein Mensch geblutet, und zwar so stark, dass er anschließend ohne ärztliche Hilfe nicht mehr weiterleben konnte. Aber nirgends ist der Körper eines Unfallopfers zu sehen. Ich kicke den Seitenständer heraus und gehe mit zittrigen Beinen umher.

Die Unterführung ist ein geschlossener Betonkasten, es gibt keine Nischen, Seitengänge oder andere Stellen, an die ein Körper nach dem Zusammenprall mit einem Auto geschleudert sein könnte. Sollte die Polizei oder die Feuerwehr den Verunglückten abtransportiert haben, ohne anschließend das Blut auf der Fahrbahn zu entfernen? Lange kann der Unfall noch nicht her sein, denn das Blut ist frisch und flüssig, nur an den Rändern der Pfütze gerinnt es langsam zu einem feinen Schorf, der den Asphalt wie eine elastische Haut überzieht.

Mir fällt die Limousine ein, die mir bei der Einfahrt in die Unterführung entgegenkam. Vielleicht hat der Autofahrer den Verunglückten eingeladen, um ihn so schnell wie möglich in das nächste Krankenhaus zu bringen? Ich blicke mich ein letztes Mal um, dann beschließe ich, an diese Erklärung zu glauben. Sie macht es mir möglich, einfach weiterzufahren, ohne mich in meinem Zustand an die Polizei wenden zu müssen. Ich starte die Triumph und rolle langsam bis zu einer Lücke zwischen den Fahrbahnabsperrungen, um auf die Gegenspur nach draußen zu wechseln. Der Parka-Mann und Störte sind nirgends zu sehen. Ich bin mir nicht sicher, wie viel Zeit vergangen ist, seit mir der Parka-Mann auf der Toilette des Dschungels seine Faust in den Magen bohrte, aber ich glaube nicht, dass die beiden später noch hierhin kommen werden. Also tuckere ich Richtung Heiligengeistfeld los.

Die ganze Aktion hat mich schwer mitgenommen. Tief in mir drin spüre ich zwar, dass der Alkohol in meinem System noch lange nicht abgebaut ist, aber im Augenblick fühle ich mich deutlich ernüchtert. So ernüchtert und mitgenommen, dass ich während der Fahrt die vorbeiziehenden Kneipen scanne, um die richtige Location für einen Absacker zu finden. Kurzfristig bremse ich vor dem *Shamrock*, aus dem irische Musik bis unter meinen Helm dringt. Aber im *Shamrock* wird aus einem Absacker schnell ein Absturz und das ist nach den Erfahrungen dieses Abends keine verlockende Vorstellung.

Auf der anderen Straßenseite sehe ich vor dem Eingang zum Hochbunker eine ziemlich lange Warteschlange von Gästen, die ins Uebel & Gefährlich wollen. Ich gehe zwar meistens wegen Konzerten ins Uebel & Gefährlich, habe aber auch gute

Erinnerungen an die Bar dort, also lasse ich die Triumph in einem weiten Schwung über die Gegenspur auf die Auffahrt zu dem riesigen Bunker laufen. Der Betonkasten ist groß wie ein Häuserblock, deshalb passt trotz der meterdicken Betonwände selbst ein Club für mehrere hundert Besucher in das Gebäude.

Mein Auftritt vor der Eingangstür unten ist ziemlich imposant. Die vier Takte des Tiger-Motors arbeiten mit der ihnen üblichen Geräuschkulisse und sorgen dafür, dass sich die Köpfe aller in der Schlange Wartenden zu mir drehen. Ich schaffe es irgendwie, das Abstellen des Motorrads, das Verstauen des Helms und die zehn Meter Weg bis zur Warteschlange mit einem souveränen Schwung hinter mich zu bringen. Glücklicherweise spült mich dieser Schwung an den Wartenden vorbei bis direkt vor den Türsteher.

Weil der Club im vierten Stock des Hauses untergebracht ist und man nur mit Hilfe eines Aufzugs dorthin kommt, muss der Bodycheck durch den Türsteher schon im Erdgeschoss stattfinden. Das ist heute Abend ein baumlanger Krauskopf, der eigentlich nicht so penetrant fies aussieht wie die Mucki-Männer, die vor den Clubs auf dem Kiez ihr Unwesen treiben, aber bei diesen Leuten kann man sich nicht auf den äußeren Eindruck verlassen. Der Krauskopf mustert mich kurz, verzieht in seinem steinharten Gesicht keinen Muskel und schwenkt einen Halbschritt zur Seite, um mich durchzulassen.

„Hi", sagt er, „nettes Outfit."

Ich bleibe stehen und sehe ihn an. Eine lustige Erwiderung wäre jetzt gut, aber mir fällt nichts. Verzweifelt suche ich nach einer Floskel, die der Situation angemessen wäre, mein verstrahltes Hirn schickt allerdings nur verstümmelte Botschaften an mein Sprachzentrum. Mir wird klar, dass wir uns gegenüberstehen und anstarren und dass mein Verhalten langsam aggressiv wirken könnte. Je länger wir dastehen und schweigen, desto unmöglicher wird es mir, etwas zu sagen. So muss es sich anfühlen, wenn ein Nervenzusammenbruch im Anmarsch ist. Ich bin kurz davor, loszuheulen, als der Krauskopf den Blick zu Boden wendet und beide Handflächen deeskalierend vor sich hochhält.

„Kein Stress hier, Alter. War nicht so gemeint. Du kommst kostenlos rein, okay? Hier entlang und viel Spaß."

Ich trotte nickend los und betrete den Gang, der zum Aufzug führt. Da haben wir ja beide noch mal Glück gehabt. In dem großen Lastenaufzug stehen bereits ein Menge Menschen dicht gedrängt und warten auf die Abfahrt. Ein bleicher Hornbrillenträger mit asiatischen Gesichtszügen macht den Aufzugführer, zieht mich an meinen Platz und verschließt dann die Tür. Die Fahrt ist kurz, bereitet meinem aufgewühlten Magen trotzdem Unbehagen. Was tut gut in solch einer Situation?

„Jägermeister!", sage ich zu dem Mann an der Bar, als ich mich endlich bis dorthin durchgewühlt habe. Das sage ich in der nächsten Stunde noch ein paar Mal. Wie oft, weiß ich nicht so genau. Der Club ist knüppelvoll mit Leuten, die sich auf allen Ebenen drängen. Selbst die Raucher-Lounge ist voll, obwohl die Raucher dieser Welt mittlerweile zu den aussterbenden Minderheiten gehören. Eine Zeit lang sehe ich den Tänzern zu und kehre immer wieder für einen Nachschlag zur Bar zurück.

Irgendwann bleibe ich einfach auf einem Barhocker an der Bar sitzen und grinse nur noch mit halb geöffneten Augen in das bunte Licht über der Tanzfläche. Das pulsiert wie Atem und wechselt immer wieder mal die Farbe, von Kornblumenblau über Schilfgrün zu Blutrot.

Ich reiße die Augen auf und halt mich am Barhocker fest. Eine Erkenntnis trifft mich wie ein erneuter Schlag in den Magen: Das Blut in der Unterführung – war das Blut des

Parka-Manns! Störte hat ihn dort getroffen und mit seinem dicken Ludenschlitten umgefahren, damit er nichts ausplaudern kann. Dann hat er ihn in seinen Kofferraum geladen und ist davongefahren. So muss es gewesen sein.

Ich springe auf und falle fast vornüber. In meinem Kopf wabert eine ungute Mischung aus Angst, Wut und Alkohol. Ich muss hier raus, und zwar sofort. Mit staksigen Beinen mache ich mich auf den Weg zum Aufzug. Keiner kümmert sich darum, ob ich bezahle, vielleicht habe ich mein Geld aber auch schon längst abgegeben. Der Aufzug ist zu, wahrscheinlich ist er gerade auf großer Fahrt ins Erdgeschoss. Mit der flachen Hand ballere ich gegen die eiserne Aufzugtür. Trotzdem vergeht eine Ewigkeit, bis die Doppeltür von innen aufgestoßen wird und die Hornbrille vor mir steht.

„Nach unten, und zwar schnell!", sage ich mit allem Nachdruck, zu dem ich noch in der Lage bin. Ich habe mich lange nicht mehr im Spiegel gesehen, nehme aber an, dass mein Erscheinungsbild in der Zwischenzeit nicht viel vertrauenserweckender geworden ist, denn der Aufzugkapitän nickt stumm und schließt die Tür hinter mir. Ich stehe in der Mitte des riesigen Aufzugs und schwanke leicht, während sich dieses fliegende Klassenzimmer langsam die vier Stockwerke zum Erdboden herabgleiten lässt. Mein asiatischer Reisebegleiter pfeift währenddessen *You'll never walk alone*, das Lied der St. Pauli-Fans. Das Ganze erscheint mir dermaßen surreal, dass ich mich frage, ob ich vielleicht in Wahrheit zuhause im Bett liege und träume. Mein Nervenkostüm ist möglicherweise für Belastungen wie die der letzten Stunden nicht gewachsen. Aber noch treibt mich diese merkwürdige Angst-Wut-Mischung voran.

Der Sauerstoff-Überfall vor dem Bunker ist diesmal nicht erfrischend, sondern steigert meine Verwirrung nur noch. Vielleicht verbindet sich Sauerstoff mit Jägermeister zu einer weniger belebenden Mischung als mit White Russian. Keine Ahnung, ob es darüber fundierte Untersuchungen gibt, die wirklich wichtigen Fragen im Leben werden von der Wissenschaft ja leider häufig ignoriert.

Jedenfalls ist die Fahrt mit der Tiger kein leichtes Unterfangen. Ich habe den Eindruck, auf einer geraden Linie unterwegs zu sein und reagiere auch angemessen auf farbige Lichtzeichen an Ampeln. Das alles erfordert eine ungeheure Konzentration und Willenskraft.

Weil ich das Gefühl habe, die Straße geht bergab, folge ich der Glacischaussee Richtung Elbe. Die große Kreuzung am Millerntor überquere ich dank einer grünen Ampel ohne Probleme und tauche ab in die Helgoländer Allee. Diesmal geht es tatsächlich bergab. Der olle Bismarck steht unbeirrt auf seinem Denkmal und sieht mir zu, wie ich mich ein wenig auf dem Tank langmache, um mit dem Fahrtwind klarzukommen. Ich muss mit einer wahnwitzigen Geschwindigkeit unterwegs sein – glaube ich, bis ich den Kopf zur Seite drehe und an den dort parkenden Autos erkenne, dass ich mit moderater Fahrradgeschwindigkeit unterwegs bin.

Die Sicht auf die Landungsbrücken und die silbrig glänzende Elbe am Fuß des Hügels wird frei und wie immer stimmt mich der Anblick euphorisch. Ich biege nach rechts auf die Hafenstraße ab und nehme mit viel Schwung den Aufstieg über die Davidstraße wieder hoch zur Bernhard-Nocht-Straße. Mein innerer Kompass leitet mich nach Hause, und das ist gut so.

Diesmal sind es meine eigenen Nachbarn, die ich mit dem bewegenden Sound der Triumph wecke, deshalb tuckere ich nur knapp über Standgas die Straße entlang bis vor meine Haustür. Die ausgebrannte BMW steht wie ein modernes Kunstwerk auf der anderen Straßenseite und wirft einen bizarren Schatten an die Wand in einer Baulücke, hinter der die Elbe zu sehen ist.

Der Blick auf die Elbe gehört jedes Mal zu meinem festen Abschiedsritual des Tages, bevor ich die Haustür aufschließe. Also parke ich die Triumph, ziehe den Helm aus und gehe über die Straße, um auch diesmal der Elbe gute Nacht zu sagen. Der Fluss zwinkert mir mit ein paar Wellen zu und schickt den Geruch von Meer und weiter Ferne herüber.

Auf der anderen Flussseite wird im Containerhafen wie immer unter unzähligen Natriumlampen in gelbem Licht gearbeitet, die riesigen Containerkräne huschen wie Spinnen über das Gelände, die Container als eingesponnene Insekten unter sich. Ich stehe dort und blicke auf den Fluss und plötzlich wird mir schwarz vor Augen. Ein riesiger Schatten nähert sich von rechts, schiebt sich zwischen mich und das gegenüberliegende Elbufer, gleitet wie ein schwarzer Bühnenvorhang vor meine Sicht und ragt hoch bis fast zum Himmel.

Bevor ich mir allzu große Sorgen um meinen Gesundheitszustand machen kann, schließt sich an die schwarze eine weiße Fläche an, die mit ihren vielen Fenstern wie ein Hochhaus aussieht. Das komplette Dings schiebt sich jetzt in mein Blickfeld und ich erkenne *das* Schiff. Bei der Queen Mary 2 macht es keinen Sinn, von *einem* Schiff zu sprechen, denn es kommen zwar größere, aber keine großartigeren Schiffe in den Hamburger Hafen. Und keines der riesigen Containerschiffe fährt so nah am Ufer so weit die Elbe hinauf wie die Queen.

Obwohl ich ein ehemaliger Zivildienstleistender bin, salutiere ich seemännisch streng dem schwimmenden Koloss zu, wende mich dann um und betrete das Haus, um meine Schlafkoje zu entern. Im Dunkeln stapfe ich durch die Wohnung, immer noch viel zu aufgewühlt, um müde zu sein. Mein Anrufbeantworter blinkt mit seinem roten Auge in der Schwärze des Zimmers, ich taste mich zu ihm hin und höre ihn ab.

„Hallo Jan, hier ist Elke. Ich wollte dir ungehobeltem Rocker bloß sagen, dass ich schon bei Onkel Pit eingetroffen bin, hier ist alles in Ordnung. Ich schließe jetzt die Haustür ab, falls du also noch kommst, musst du wohl im Schuppen schlafen. Aber da gehörst du ja sowieso eher hin, du Trunkenbold. Gute Nacht.“

Ich kann an Elkes Stimme hören, dass sie lächelt, als sie dies sagt. Elke ist schon klasse. Ich stelle mir Pit vor, wie er auf seinem Bett liegt. Wann immer ich diesen Mann in meinem Leben besucht habe, fühlte ich mich gut aufgehoben. Meine Sehnsucht nach einer Vaterfigur stieß bei ihm auf eine stille Freundlichkeit, die mich glücklicher machte als die wenigen, distanzierten Treffen mit meinem Vater.

Allein in meiner dunklen Wohnung überwältigt mich ein Gefühl von unbestimmter Trauer. Der Gefühlsschwall löst frische Gier nach Alkohol aus, ohne nachzudenken taste ich mich zum Kühlschrank. Bis auf eingelegten dänischen Hering ist der leer, aber im Tiefkühlfach liegt eine halbe Flasche Linie Aquavit, der angeblich im Laderaum eines Schiffes den Äquator überquert hat, um ihm dabei den richtigen Geschmack zu verpassen. Meine alkoholische Weltreise mit den Schnäpsen dieser Welt ist jetzt also, nach Mexiko, Russland und Deutschland, in Norwegen angekommen.

Im Licht des Kühlschranks nehme ich den ersten Schluck aus der Flasche und setze mich mit übereinandergeschlagenen Beinen vor die offene Tür. Ich hole das Foto von Pit, meinem Vater und den anderen aus der Jacke. Der Mann in der Mitte der Gruppe ist zwar Pit. Aber dort steht nicht derselbe Pit, der gerade in Niendorf friedlich schläft, und das liegt nicht nur an den vielen Jahren, die inzwischen vergangen sind.

Wahrscheinlich bringt mich diese ganze Geschichte auch deshalb so durcheinander, weil ich sehr gerne den Pit kennen gelernt hätte, der bei dem Sturz an der Mauer des Fischmarkts aufgehört hat zu existieren. Ich nehme einen großen Schluck aus der Flasche und schüttele mich, als ich ihn herunterschlucke.

Mein Blick schweift über das Foto und bleibt bei dem Mann namens Klaus hängen, den so viele Menschen in dieser Stadt fürchten. Dort steht ein Hüne mit hellen Locken, der spitzbübisch lächelt. Auch seine Persönlichkeit muss sich verändert haben, seit dieses Foto entstanden ist. Ich erinnere mich an ein Foto dieses Mannes in einem Artikel im Abendblatt über seinen letzten Prozess vor ein oder zwei Jahren. Die blonden Locken waren einem fleischigen Glatzkopf gewichen und die Augen blickten eiskalt. In dem Prozess ging es unter anderem um die Zustände in einem Bordell in der Herbertstraße, das diesem Mann gehören soll.

Ein weiterer Schluck Linie hilft dabei, meine Trauer wieder in die Unruhe und Wut zu verwandeln, die mich diese Nacht begleiten. Ich zittere vor dem offenen Kühlschrank, das Foto entgleitet meiner Hand und fällt auf den rechten Schuh, der auf meinem Unterschenkel ruht. Als ich das Foto wieder in die Hand nehme, sehe ich einen großen dunklen Fleck unter der Schuhsohle.

In meinem Zustand brauche ich einen Augenblick, bis ich verstehe, dass ich auf das getrocknete Blut aus der Unterführung blicke. Ich ekle mich vor diesem Blut, stehe so schnell auf, wie es der Aquavit in meinem Stoffwechsel zulässt, und trete mir die Schuhe von den Füßen. Störte, dieser elende Dreckskerl! Wenn er in diesem Augenblick vor mir stünde, würde ich ihm mit der Flasche Aquavit einen Scheitel in seinen Glatzkopf ziehen. Schwankend trinke ich noch einmal aus der Flasche.

Die Herbertstraße ist nur zwei Ecken entfernt. Vielleicht finde ich dieses Schwein dort und kann unser abrupt beendetes Handygespräch angemessen fortführen, nämlich mit nonverbaler Kommunikation und Körpersprache.

Diese Idee erscheint mir überzeugend. Ich stürme aus der Wohnung, die Flasche fest in der Hand. Diesmal schenke ich der Elbe keinen Blick, sondern haste sofort die Straße entlang. Auf der Bernhard-Nocht-Straße ist nicht mehr viel los, aber auf der Davidstraße drängen sich Taxen, die auf abgefüllte Fahrgäste lauern. Kein Mensch beachtet mich, als ich fluchend und vor mich hinmurmelnd zur Herbertstraße eile. Die bunt plakatierte Sichtblende am Eingang der Bordellstraße hält mich nur kurz auf, weil meine Bewegungsmotorik etwas gelitten hat und mir das Einfädeln durch den meterbreiten Eingang schwerfällt. Ich taumele die schmale Straße entlang, in deren kleinen Häuschen links und rechts zu einer anderen Tageszeit Damen im Fenster sitzen.

Nur wenige Männer verlassen oder betreten gerade eines der Häuser, auch hier scheint das Hauptgeschäft für diese Nacht bereits vorüber zu sein. Ich habe keine Ahnung, welches dieser Hutzelhäuschen unter dem Kommando von Rocker-Störte steht. Wie soll ich ihn finden? Soll ich an jede Tür klopfen und nach dem Chef fragen? Auch wenn ich mittlerweile in einen ziemlich verwirrten Zustand geraten bin, weiß ich doch, dass dies keine gute Idee wäre. Ich nehme den letzten Schluck Aquavit, der noch in der Flasche verblieben ist. Meine Füße sind kalt, weil ich auf Socken unterwegs bin. Ich fühle mich elend und zum ersten Mal an diesem Abend übertrieben betrunken. Was mache ich eigentlich hier? Der Anspannung in mir entlädt sich in einem hysterischen, wilden Gebrüll.

„Störte! Störte, du Rockersau! Komm raus, du Feigling! Ich mach dich alle, du mieser Totschläger!"

Mein Gebrüll hallt durch die kleine Straße. Hier wird bestimmt oft gebrüllt, denn niemand scheint sich für mich zu interessieren.

„Störte! Ich weiß Bescheid! Die Kartei! Dein verdammter Eintrag! Ich werde alles erzählen!"

Ein Mann taucht im Halbdunkel zwischen zwei Häusern auf und kommt mit schnellen Schritten auf mich zu. Ich erkenne einen kleinen Mann mit kurzen schwarzen Haaren in einem silbergrauen Anzug, dann ist er bei mir und gibt mir eine schallende Ohrfeige, die mich umhaut. Blitzschnell dreht der Mann mir einen Arm auf den Rücken und schiebt mich zum Ende der Straße. Ich habe Mühe, auf die Beine zu kommen und stütze mich mit dem freien Arm ab, während er mich vorwärts treibt.

„Du Stille, Pännär. Raus machen, sonst Probläm. Chnauze!"

Der Mann pflegt einen osteuropäischen Akzent, wie ich ihn sonst nur aus Comedy-Sendungen kenne, aber sein Griff ist todernst und gar nicht komisch. Blitzschnell sind wir an den Sichtblenden am Ende der Straße angekommen. Er gibt mir einen letzten nachdrücklichen Stoß und lässt mich mit der linken Schulter gegen die Sichtblende knallen. Ich falle auf die Davidstraße, ein betrunkener Mann in Socken. Der Anzugträger baut sich vor mir auf, verschränkt die Arme vor der Brust und beglückt mich mit einem letzten Vorschlag.

„Geh erst mal arbeiten, du Asi."

Dieser Satz scheint zu seinem festen Arbeits-Vokabular zu gehören, denn er artikuliert ihn in akzentfreiem Deutsch. Mir ist nicht danach, mit ihm zu diskutieren. Ich kehre geschlagen heim, mit brennender Wange und unbefriedigten Rachegelüsten. Dankbar bemerke ich, dass ich Haustür und Wohnungstür offen gelassen habe und bewege mich auf direktem Weg zu meinem Bett. Als es mir nicht gelingt, mich aus der Jacke zu schälen, lasse ich mich zur Seite fallen und schlafe augenblicklich ein.

9.

Das Telefon klingelt und weckt mich, aber ich brauche Zeit, um wach zu werden und lasse es klingeln. Vom Bett aus sehe ich einen offenen Kühlschrank und Schuhe mit blutigen Absätzen. Ich erinnere mich an einen Schlag in den Magen und eine Ohrfeige. Fast wäre ich in einer Blutlache ausgerutscht und ich habe betrunken in der Herbertstraße randaliert. Hört sich alles in allem nach einem gelungenen Abend an.

Natürlich habe ich Kopfschmerzen, aber eigentlich geht es mir ganz gut. Zumindest denke ich das, bis ich mich im Bett aufrichte. Mein Hirn schwappt dabei gegen die Stirn und fühlt sich augenblicklich seekrank. Vorsichtig lasse ich mich wieder zurück auf das Kopfkissen gleiten. Die Lederjacke stinkt immer noch erbärmlich, vielleicht sind auch neue Gerüche außer dem Muff dazugekommen.

Duschen wäre eine schöne Sache. Vielleicht gibt es in Japan, wo ja großer Platzmangel herrscht, Betten, in denen man auch duschen kann, hier in Hamburg werde ich dafür leider aufstehen müssen. Eine kühne Idee, die sich ohne den Einsatz von Kaffee nicht umsetzen lässt. Aber bevor ich einen Kaffee machen kann, müsste ich mich wachduschen. Ermattet von dieser Pattsituation bleibe ich liegen.

Ich frage mich, ob der Parka-Mann noch lebt. Selbst wenn ich gestern tatsächlich in seinem Blut gestanden habe, kann er mittlerweile gut versorgt in einem Krankenhausbett liegen. Falls Störte ihn angefahren hat, trage ich dafür die Verantwortung. Ich habe den Parka-Mann dazu gezwungen, bei Störte anzurufen und zu behaupten, ich wisse über die Kartei Bescheid.

Bisher hat die bloße Erwähnung dieser Kartei jeden sehr hektisch werden lassen. Von meinem Vater und seinen Freunden werde ich ohne Druck nicht mehr über Störtes geheimnisvollen Eintrag in die Datei erfahren. Der Parka-Mann ist verschwunden und Störte nicht auffindbar. Der einzige Mensch, der mir noch etwas über den Eintrag mitteilen könnte, ist dieser Bredlow. Seine Telefonnummer und Adresse sind mir bekannt.

Ich stöhne wegen der Erkenntnis, dass ich die harten Prüfungen des Kaffekochens und Duschens werde ertragen müssen, um Bredlow einen Besuch abstatten zu können. Außerdem war der Anrufer eben bestimmt Elke, die sich Sorgen um mich macht. Langsam drehe ich den Kopf, bis ich den Wecker neben dem Bett erkennen kann. Es ist zehn Uhr zwanzig, für einen Sonntagmorgen eigentlich keine unchristliche Zeit, wenn man bis tief in die Nacht internationale Schnäpse getestet hat.

Für den Frühaufsteher Pit, und Elke, die wahrscheinlich mit ihm gefrühstückt hat, ist es aber schon spät am Tag. Vorsichtig teste ich, ob mein Gehirn mittlerweile etwas fester im Schädel angewachsen ist und richte mich zentimeterweise auf.

Wie ein Bombenentschärfer bewege ich mich in Zeitlupe in die Küche, setze einen Kaffee auf und taste mich dann zur Dusche. Nach ein paar Minuten unter dem warmen Wasserstrahl bin ich bereit, mir meine Männlichkeit zu beweisen. Ich drehe das warme Wasser ab und das kalte Wasser auf. Männer sind zweifellos evolutionäre Produkte von minderer Intelligenz, sonst käme mir diese Handlung gar nicht erst in den Sinn und ich wäre nicht auch noch stolz darauf. Zusammen mit dem halben Liter Kaffee, den ich mir kurz darauf heiß und schwarz einflöße, sorgt das Duschen jedenfalls für eine enorme Verbesserung meiner Vitalfunktionen. Ich kann stehen, gehen, mir die Zähne putzen und mich anziehen. Mit einem Anruf auf Elkes Handy teste ich, ob auch mein Sprachzentrum wieder ausreichend in Betrieb ist.

„Mmnmh, äh, hallo Elke, hier ist Jan."

Die ersten Laute entstehen noch ein wenig holprig, doch dann geht es eigentlich ganz gut voran.

„Na, mein Lieber, alles gut überstanden? Als du gestern einfach so abgehauen bist, hatte ich den Eindruck, du hast noch einiges vor."

Elke sieht auch am Tag danach mein Verhalten noch entspannt. Sie lebe hoch, hoch, hoch!

„Tja, also, ich muss mich entschuldigen. Es war wohl alles ein bisschen viel für mich in den letzten Tagen. Und so ging es dann heute Nacht auch weiter. Das muss ich dir alles in Ruhe erzählen. Kannst du noch ein wenig länger bei Pit bleiben? Ich möchte jemanden besuchen, dann komme ich sofort nach Niendorf."

„Soso. Wen willst du denn heute so dringend besuchen?"

Ich zögere. Eigentlich erzähle ich Elke immer alles und sie hat die Geschichte um Pit ja auch hautnah mitbekommen. Aber das Verschwinden des Parka-Manns macht mich nervös. Wenn Störte wirklich so skrupellos ist, wie ich vermute, dann möchte ich Elke so wenig wie möglich in die Geschichte verwickelt wissen.

„Ich versuche, noch etwas über Pits Unfall herauszubekommen. Die Details erzähle ich dir lieber, wenn wir uns später sehen, okay?"

„Wie du meinst, mein Schatz. Wir sitzen solange hier und warten brav auf dich, während du in der weiten Welt unterwegs bist."

Elke ist nicht blöd. Sie weiß, dass ich ihr etwas verheimliche, aber sie macht mir deshalb keine Szene. Wir verabschieden uns und legen auf. Während ich mir ein neues T-Shirt und eine andere Jeans suche, horche ich auf das Knurren meines Magens. Der Gedanke an feste Nahrung verursacht mir zwar kein Hochgefühl, aber von meinem thailändischen Abendessen ist sicher der größte Teil auf dem Toilettenboden des Dschungels gelandet und seitdem sind einige Stunden vergangen. Ich erinnere mich, dass mein Kühlschrank nur eingelegten Hering zu einem Frühstück beitragen könnte, und das ist mir selbst an einem Morgen wie diesem zu hardcore. Auf dem Weg zu Bredlow werde ich deshalb unterwegs nach einer Frühstücks-Station Ausschau halten.

Ich krame den Zettel mit Bredlows Adresse hervor. Von der Kielmannseggstraße habe ich noch nie gehört, ich muss einen Stadtplan von Hamburg aus der Schublade ziehen, um die Straße zu suchen. Mein Stadtplan ist ein total zerfledderter und platt gesessener Falk-Plan, bei dem die ursprüngliche Patentfaltung schon vor langer Zeit vom Winde verweht wurde.

In der aktuellen Eigenfaltung bietet der Plan eine neue Patchwork-Version von Hamburg an, bei der entfernte Vororte direkt neben dem Rathaus, der Flughafen an der Elbe und die Außenalster in Wandsbek liegen. Glücklicherweise liegt das Straßenverzeichnis noch lose dabei, so dass ich die Buchstaben- und Zahlen-Koordinaten der Kielmannseggstraße finde und diese auf dem Ausschnitt-Konvolut vor mir suchen kann.

Die so seemännisch klingende Straße liegt nah am Wandsbeker Gehölz. Ich blicke skeptisch auf Pits ranzige Lederjacke mit der verblichenen Kutte darüber. Wird mich der Kriminalrat a. D. damit empfangen? Aber erstens plane ich einen Überraschungsbesuch ohne telefonische Voranmeldung und zweitens machen Jacke und Kutte direkt klar, welchen Themenkreis ich im Sinne habe. Also schlüpfe ich wieder in die Schutzkleidung mit der herben Duftnote und mache mich auf den Weg.

Die Elbe begrüßt mich verlässlich wie jeden Morgen und auch die Triumph wurde während der restlichen Nacht weder geklaut noch abgefackelt. Mittlerweile bin ich gespannt darauf, wie sich die Fazer nach so langer Abstinenz anfühlen mag, wenn ich demnächst wieder mit ihr unterwegs bin. Denn irgendwo da draußen fährt ein Polizist Streife, der sich für Motorräder interessiert und sich gerne mal eine alte Triumph im Rahmen einer Verkehrskontrolle genauer ansehen möchte. Ich will mein Glück nicht allzu sehr strapazieren und zu lange darauf hoffen, dass wir uns nicht begegnen. Aber dieser Sonntag soll noch ganz alleine der Triumph gehören, bis ich morgen wieder auf die neumodische japanische Massenware umsteige.

Bei dem schönen Sonntagswetter sind besonders viele Touristen unterwegs, als höflicher Hamburger lasse ich die Triumph so leise wie möglich hinunter zur Elbe rollen und bremse an den Landungsbrücken frühzeitig, damit auch noch das letzte Familienmitglied sicher über die Fußgängerampel zu den Barkassen der Hafenrundfahrten kommen kann. Kurz darauf biege ich ab, weil mein Lieblings-Café auf einer der kleinen Straßen am Hang kurz unter dem Michel liegt.

Eigentlich ist das Café eine Eisdiele, der Kaffee ist trotzdem gut und es gibt Käse-Croissants, die wahrscheinlich von einem der portugiesischen Cafés weiter unten am Hang geliefert werden. Vor allem hat man von dort einen ungestörten Blick über einen Teil des Hafens und die Touristen finden auch an einem sonnigen Sonntag nicht dorthin. Der Weg den Hang hoch ist ein wenig trickreich, weil Einbahnstraßen und Sackgassen im Wege sind, aber mit einem Motorrad kommt man auch zwischen Absperrungen durch, an denen Kinderwagen scheitern würden.

Hinter der Eis-Theke steht Maria, sie erkennt mich und setzt die italienische Kaffeemaschine in Gang, sobald ich den Laden betrete. Ich lächle ihr zur Begrüßung zu und zeige auf eines der Croissants in der Glas-Vitrine. Sie nickt zurück und schäumt weiter die Milch für meinen Cappuccino auf. Nachdem der Lärm der Maschine verstummt ist, schichtet sie Untertasse, Zuckertütchen, Keks und Löffel übereinander und stellt den dampfenden Cappuccino in die winzige freie Fläche dazwischen. Während sie das Croissant aus der Vitrine holt, entferne ich wie jedes Mal Zucker, Keks und Löffel wieder aus dem Szenario und lege sie neben die Untertasse. Maria lächelt, als sie mit dem Croissant ankommt und meinen kleinen Stapel sieht, denn all das gehört zu unserem Ritual und wir wären wahrscheinlich beide extrem verwirrt, wenn sich daran etwas ändern würde.

„Glaubst du an Gott?"

Diese Frage von ihr gehört allerdings nicht zu unserem Ritual und überrascht mich. Für einen Augenblick frage ich mich, ob ich sie falsch verstanden habe.

„Ob ich an Gott glaube? Keine Ahnung. Wahrscheinlich schon. Oder eigentlich doch nicht. Warum fragst du?"

Meine Antwort scheint sie genauso zu irritieren, wie mich ihre Frage. Sie deutet mit dem Kinn auf die Triumph draußen vor dem Fenster.

„Na, weil du Motorrad fährst. Du weißt schon. Du bist hier, um den Segen vom Pastore zu holen."

Maria ist Italienerin, aber mir ist bisher noch nie aufgefallen, wie katholisch sie offensichtlich ist.

„Du hast schon Recht, Motorradfahren ist gefährlich. Aber zum Pfarrer wollte ich heute eigentlich nicht. Ist aber nicht schlimm, oder?"

Ich hoffe, ich verletze keine religiösen Gefühle bei ihr.

„Nein, nein, nicht schlimm. Oder?"

Ihre Antwort hilft nicht dabei, unsere gegenseitige Irritation zu beenden. Wir lächeln beide hilflos, dann nehme ich mir den Cappuccino und das Croissant, um nach draußen zu einem der Plastikstühle in der Sonne zu gehen. Während ich an dem heißen Kaffee nippe, denke ich über unser interkulturelles Kommunikationsproblem nach. Ob es in Italien immer noch Rocker-Pfarrer gibt, die Typen mit Kutte regelmäßig segnen? Oder ob Maria bei meinem Anblick an Hells Angels, die Engel der Hölle, gedacht hat und mir deshalb himmlische Unterstützung nahelegt? Ich esse das Croissant und schlürfe den Cappuccino, ohne dass mir eine Erleuchtung gekommen wäre, deshalb trage ich Tasse und Teller zurück zu Maria und wünsche ihr einen schönen Tag. Dabei gibt es kein Missverständnis und wir verabschieden uns zufrieden.

Ich schlängele mich mit der Triumph weiter den Hang hoch, um über einen kleinen Fußweg zwischen zwei Häuserblöcken direkt auf der Ludwig-Erhardt-Straße zu landen. Der Fußweg ist natürlich nur für Fußgänger gedacht, erspart mir aber einen erheblichen Umweg. Heute ist dieser Fußweg mit einem Absperrband blockiert.

Weil ich keine Baustelle oder ein anderes Hindernis erkennen kann, drücke ich das niedrig hängende Absperrband mit einem Fuß auf den Boden und rolle vorsichtig darüber. Auf dem breiten Bürgersteig der Ludwig-Erhardt-Straße angekommen, blicke ich nach links, weil diese breite Verbindungsstraße stadtauswärts immer stark befahren ist und ich keine Lücke im Verkehr verpassen will. Erstaunlicherweise ist aber kein einziges Auto zu sehen, die mehrspurige Straße ist vollkommen leer. Ich gebe Gas und schieße mit der Triumph durch eine Gruppe von Fußgängern durch, die auf dem Bürgersteig auf etwas zu warten scheint.

Während ich auf der Straße in Richtung Deichtorhallen beschleunige, kommen von beiden Seiten der Straße Männer in grünen Warnwesten auf mich zugerannt und winken aufgeregt mit den Armen. Verblüfft bemerke ich auch, wie viele Menschen links und rechts am Straßenrand stehen und mir zuwinken. Inzwischen habe ich den höchsten Punkt der Straße erreicht, die von hier aus deutlich abfällt und bergab führt.

Und jetzt erkenne ich, was Maria mit ihrer Bemerkung gemeint hat und warum die Männer in den Warnwesten so aufgeregt winken: Tausende Motorräder stehen da unten vor dem Michel auf allen Fahrspuren der Straße verteilt. Ihre Fahrer sind zum alljährlichen Motorradgottesdienst angereist, nach dem finalen Segen des Motorrad-Pastors fahren sie später in einem endlosen Konvoi durch die Stadt.

Jede Menge Köpfe von Motorradfahrern haben sich schon zu mir und der einsamen Silhouette der Triumph umgedreht und wahrscheinlich fragen sie sich, was der Rocker da oben im Schilde führt. Ich habe aber keine Zeit, sie von meinen friedlichen Absichten zu überzeugen, denn zwei der Warnwesten-Träger sind nur noch wenige Schritte entfernt.

Die Triumph stößt einen zornigen Fanfarenstoß aus, als ich mit ihr einen Start wie bei einem Dragsterrennen hinlege, um mich den Ordnungskräften des Motorradgottesdienstes zu entziehen. In einer weiten Schleife donnere ich zurück zu meinem Geheimweg zwischen den Häuserblocks, quäle die Felgen der Triumph mit einem schonungslosen Satz auf den Bürgersteig und fahre ungebremst durch das Absperrband. Auf dem Weg den Berg hinunter zur Elbe entferne ich mit einer Hand einen Streifen des Bandes, das an meinem Kinnriemen hängengeblieben ist. Eigentlich sollte ich es aufheben und an den Spiegel binden, denn die richtigen Teilnehmer am Motorradgottesdienst erhalten ja einen Streifen gelben Tuchs, mit dem sie bis zum nächsten Jahr durch die Gegend fahren. Aber meine Teilnahme am MoGo war dann doch ein wenig zu unbeabsichtigt für diese Trophäe.

Während der Fahrt zu Bredlow, versuche ich mich auf das Treffen wie auf ein Vorstellungsgespräch vorzubereiten. Ziel ist, den Job zu kriegen, also herauszubekommen, was Bredlow über Störte in der Rocker-Kartei stehen hatte.

Weshalb bin gerade ich für diesen Job geeignet, warum sollte Bredlow mir das Geheimnis verraten? Weil ich für diese Tätigkeit qualifiziert bin, als Angehöriger und Betroffener habe ich das Recht, Details zu erfahren. Sobald ich also Bredlow gegenüberstehe, werde ich mich als Neffe von Pit outen und die Verbindung zu Störte erklären.

Mir ist nicht klar, wieso Bredlow die Handynummer des Parka-Mannes kennt, aber ich kann mir nicht vorstellen, dass ein Kriminalrat außer Dienst Kontakt zu einer Kiez-Größe wie Störte hat, deshalb sollte Bredlow nichts von den aktuellen Entwicklungen um Biker erfahren haben. Vielleicht kann ich ihm also mit einem Bluff neue Details entlocken. Letztendlich muss ich wie bei jedem Vorstellungsgespräch die tatsächliche Situation abwarten und improvisieren.

Die Anfahrt zur Kielmannseggstraße gestaltet sich schwieriger als gedacht. Ich kenne diesen Stadtteil Hamburgs einfach nicht gut genug und die größeren Zufahrtsstraßen, die ich mir gemerkt habe, verändern überraschend ihren Verlauf. Deshalb kreuze ich mehrfach durch dieses Viertel mit den alten Einfamilienhäusern, die schon vor dem Krieg aus den typischen roten Hamburger Ziegeln gebaut wurden. Die Kastanienbäume am Straßenrand sind genau so alt wie die Häuser, zusammen mit dem Kopfsteinpflaster ergibt das ein Straßenbild wie im vergangenen Jahrhundert. Nur die vielen neuen Volvos und Saabs vor den Häusern machen klar, dass ich hier durch das Hamburg des einundzwanzigsten Jahrhunderts fahre.

Die Hausnummer, unter der ich Bredlow finden werde, habe ich schnell entdeckt. Ich parke die Triumph vor dem Haus, platziere den Helm wieder auf dem Spiegel und nehme die wenigen Stufen zur Haustür. *Bredlow* prangt unübersehbar auf dem Klingelschild und schon die steifen, vornehmen Buchstaben machen klar, dass hier bessere Leute leben.

Ich bin bereit, den Kriminalrat zu treffen. Mein Finger drückt auf den Messingknopf der Klingel und löst einen klassischen Zweiton-Gong aus. Während ich meine Gesichtsmuskeln noch zum undurchdringlichen Django-Gesicht versammele, wird schon die Tür aufgerissen. Ein mittelgroßer Mann mit buschigen Augenbrauen steht vor mir. Sein Blick ist durchdringend, huscht mit einer schnellen Kopfbewegung über mich hinweg. Dieser Mann wird nicht leicht zu knacken sein. Ich öffne den Mund, um ihm mit einer offensiven Anrede die selbstischere Haltung zu nehmen.

„Ich … “

Der Mann blickt mir kurz in die Augen, stößt einen missbilligenden Zischlaut aus und schlägt die Tür vor meiner Nase zu. Ich stehe entgeistert vor dem dunklen Holz. Eine Elster kreischt auf dem Dachfirst des Nachbarhauses, ansonsten ist es absolut still in der Straße. Sieht ganz so aus, als würde mein Erscheinungsbild als Rocker Bredlow nicht besonders beeindrucken. Ich bin verunsichert, klingele aber noch einmal.

Leider kann man mit diesem hochherrschaftlichen Gong keinen Dauerton produzieren, es macht also keinen Sinn, den Finger auf dem Klingelknopf zu lassen. Nichts rührt sich im Haus, noch nicht einmal Stimmen oder Schritte sind zu hören. Ich klingele noch einmal, aber nur aus purer Ratlosigkeit, denn ich bin mir sicher, dass Bredlow darauf nicht reagieren wird.

Schließlich gebe ich auf und nehme die Stufen hinunter auf den Bürgersteig.

An die Triumph gelehnt, überdenke ich die Situation. Ich kann so nicht mehr länger weitermachen. Entweder, ich akzeptiere die Rocker-Vergangenheit meines Vaters und meines Onkel als eine nette Familien-Anekdote, vergesse die ungeklärten Umstände von Pits Unfall und die Tatsache, dass mich Bredlow und Störte bedroht haben und der Parka-Mann verschwunden ist. Oder ich versuche, die ganze Geschichte eskalieren zu lassen, damit sie auf die eine oder andere Art ein Ende findet. Ich muss nicht besonders tief in mich hineinhorchen um zu spüren, dass Akzeptieren und Vergessen keine Optionen sind. In mir simmert immer noch diese schwer fassbare Wut der letzten Stunden und signalisiert verdammte Lust, das ganze Gewusel aus Verdächtigungen, Lügen und Ausreden radikal herauszureißen.

Ich blicke auf das Haus von Bredlow. Er hat beim Parka-Mann angerufen und sich damit als Beteiligter geoutet. Vielleicht steht er doch in direktem Kontakt mit Störte und weiß alles über Pits Unfall. Ich bin wütend auf diesen feinen Herrn, der sich nicht mit mir unterhalten will. Einer meiner Lieblingssongs von den Talking Heads kommt mir in den Sinn. *Watch out. You might get what you're after. Burning down the house.*

Der Song spielt sehr laut in meinem Kopf, als ich die Triumph antrete. Neben der Garage führt ein Weg zwischen der Hauswand und Sträuchern auf die Rückseite des Hauses. Ich gebe mehrfach mit gezogener Kupplung Gas, um mein Kommen anzukündigen. Klebrige Blütenblätter der Sträucher bleiben auf meiner Jacke hängen, während ich am Ende des Weges auf der Wiese hinter dem Haus lande.

Der Mann mit den Augenbrauen steht mit einer Grillzange

in der Hand vor einem gemauerten Grill und sieht entsetzt zu mir herüber. Eine gut erhaltene Blondine springt von einer Gartenbank auf der anderen Seite des Grills hoch und beginnt, in Richtung der Fichten am Grundstücksende zu laufen. Ich bremse so hart es geht mit der Hinterradbremse der Triumph und lasse sie dabei hinten ein wenig ausbrechen. Der Hinterreifen bewirft Bredlow mit Büscheln aus dem gepflegten Rasen, ein paar davon landen neben rosa Fleischlappen auf dem Grill und beginnen sofort, wüst zu qualmen. Ich verschwende keine Zeit damit, den Seitenständer auszuklappen, sondern lasse die Triumph auf die Seite fallen und stürme auf den Mann zu.

„Verdammt, Bredlow, so schnell werden Sie mich nicht los! Störte war in Ihrer Kartei und sein Eintrag hat meinen Onkel fast das Leben gekostet. Was steht in dieser verfluchten Kartei über Störte? Warum schützen Sie dieses Schwein?"

Der Mann braucht nicht lange, um seine Überraschung zu überwinden. Er umrundet den Grill und kommt auf mich zu.

„Was willst du hier, du Würstchen? Verschwinde, und zwar schnellstens."

Bredlow lässt die Grillzange auf- und zuschnappen wie ein kleines Krokodil. Ich bleibe standhaft und ziehe mich nicht zurück. Die Grillzange schnappt noch einmal dicht vor meiner Nase, dann verliert Bredlow seinen Vorwärtsdrang. Ich bemühe mich um mein Django-Gesicht und starre in seine Augen unter den buschigen Augenbrauen. Meine Wut scheint mir ins Gesicht geschrieben zu sein und die Energie dahinter ist stärker als seine. Je länger ich starre, desto mehr verliert Bredlow die Fassung. Ich schweige und bewege mich keinen Zentimeter. Schließlich ist Bredlow zu dem zusammengeschrumpft, was er wirklich ist: ein älterer Herr mit einer Grillzange.

„In Ihrer Kartei waren Tausende Eintragungen. Für die

meisten Ihrer Karteileichen wäre es ein Spaß, heute davon zu erzählen. Warum hat jeder Angst, den ich nach dem Eintrag von Störte befrage? Was steht in der Kartei über ihn?"

„Was will der Mann, Lutz? Soll ich die Polizei rufen?"

Die Blondine lugt in sicherem Abstand hinter den Fichten hervor und ruft nach ihrem Gatten. Der macht eine abwiegelnde Handbewegung, ohne sich zu ihr umzudrehen.

„Keine Polizei", sagt er halblaut, so dass seine Frau ihn gerade eben verstehen kann. Und er sagt es auch zu mir.

„Du hast ja keine Ahnung, um was es geht." Bredlow flüstert jetzt. „Die Geschichte ist eine Nummer zu groß für dich."

Meine Wut versorgt mich weiterhin mit Energie, die mich vorwärts trägt. Bredlow wird mich nicht so leicht los.

„Ob etwas zu groß für mich ist, entscheide ich selbst. Also, raus mit der Sprache! Was sollte ich über Störte wissen, damit ich nicht vor Neugierde hier auf Ihrem Golfrasen platze?"

Bredlow schüttelt den Kopf. Seine Frau ist vorsichtig aus der Deckung der Fichten hervorgekommen und steht auf der anderen Seite des Grills. Das Fleisch über der Glut verwandelt sich langsam aber sicher in schwarze Scheiben, die fürchterlich verbrannt riechen. Bredlow kriegt davon nichts mit, unser Gespräch nimmt ihn vollkommen in Beschlag.

„Dir mag egal sein, von welchem Topf du da gerade den Deckel heben willst. Mir aber nicht, der fliegt mir nämlich anschließend um die Ohren. Störte ist ein ganz besonderer Fall. Mehr kann ich nicht sagen."

„Sie haben Angst! Der Kriminalrat a. D. hat Angst! Vor seiner eigenen Kartei!"

Bredlow zuckt merklich zusammen. Niemand lässt sich gerne ins Gesicht sagen, dass er ein Feigling ist.

„Du bist ein Spinner. Reißt das Maul auf, ohne zu wissen, mit wem du dich anlegst."

Bredlow blickt auf die Triumph, die vor seinen Füßen auf der Seite liegt. Er zeigt mit der Grillzange auf das Motorrad.

„Das ist die Kiste von deinem Onkel, richtig? Ich kann mich an diesen Pit erinnern. Das war auch so ein Oberschlauer. Und guck dir an, was aus ihm geworden ist. Ein sabbernder Idiot."

In mir knallt eine Sicherung durch. Ich stoße Bredlow mit beiden Händen vor die Brust, so dass er rückwärts taumelt und den Grill umstößt. Glühende Kohlen und verbrannte Fleischstück fallen ins Gras. Bredlow bewegt sich so schnell es geht auf allen Vieren weg von dem Grill. Seine Frau schreit und nimmt wieder Reißaus Richtung Fichten. Ich mache einen Schritt hinter Bredlow her, komme aber wieder zur Besinnung.

„Der sabbernde Idiot und ich werden dafür sorgen, dass Störte kriegt, was er verdient. Und du elendes Miststück wirst keine Freude am behaglichen Sonntagsgrillen mehr haben, das verspreche ich dir."

Ich richte die Triumph auf. Aus dem Vergaser ist Benzin ausgelaufen und hat den Motorblock überflutet. Schnell prüfe ich, ob keine Grillkohle in der Nähe gelandet ist. Meine Gedanken rasen, während ich den Kickstarter herausklappe. Womit kann ich Bredlow noch unter Druck setzen? Obwohl er eben allergisch auf das Wort Polizei reagiert hat, macht es wenig Sinn, ihm damit zu drohen, schließlich gehört er selbst zu dem Verein. Ich habe zwar hier mit meinem kleinen Stunt einen überzeugenden Auftritt hingelegt, aber Bredlow wird mir kaum glauben, dass ich zum Racheengel tauge und den professionellen Angsteinflößer Störte in Selbstjustiz angreife. Was bleibt mir also noch? Ich trete zweimal, bis die Triumph wieder läuft. Die Lautstärke des Motors gibt mir noch einmal einen kleinen Kick. Zwischen zwei heftigen Gasstößen brülle ich einen letzten Bluff zu Bredlow herüber.

„Morgen Früh sind Pit und ich beim Abendblatt. Die werden

sich garantiert für unentdeckten Dreck an Störtes Stecken interessieren. Du wirst das deinem Schützling bestimmt brühwarm weitererzählen. Sag Störte, Pits Erinnerung ist damals nicht vollständig ausgelöscht worden. Ich rate euch, am Dienstag Zeitung zu lesen!"

Bredlow hockt auf dem Boden und sieht mit verzerrtem Gesicht zu mir hoch, während ich schlingernd eine Runde über seinen Rasen drehe und mich wieder in den Gang am Haus entlangdränge. Ohne Rücksicht auf das schlüpfrige Kopfsteinpflaster rase ich die Straße entlang. Mein Vorstellungsgespräch war zwar nicht besonders erfolgreich, mein Auftritt als böser Rocker hat mir aber trotzdem Spaß gemacht. Allerdings ist ein pensionierter Grillmeister auch ein leichterer Gegner als ein aktiver Kiez-Schläger.

Ich mache mich auf den Weg zurück in die Innenstadt. Je länger ich auf der Triumph entspannt vor mich hinrolle, desto stärker baut sich das Adrenalin in meinem Blut ab. Auf halber Strecke verwandelt sich meine Wut allmählich in Besorgnis. Ich habe eine Drohung ausgesprochen. Nach allem, was ich bisher über Störte gehört habe, wird ihm das nicht gefallen.

10.

Es gibt in Hamburg einen Platz, zu dem es mich immer zieht, wenn es mir nicht gut geht oder wenn ich nachdenken muss. Beides ist heute der Fall. Die Folgen des Alkoholexzesses der vergangen Nacht und die widersprüchlichen Gefühle lassen mich innerlich zittern. Ich weiß, dass Pit und Elke in Niendorf auf mich warten, aber ich entschließe mich, ganz egoistisch zu sein und einen Abstecher zu meinem speziellen Platz zu machen. Er liegt mehr oder weniger direkt in der Elbe und doch kann ich trockenen Fußes dorthin gelangen.

Dieser Platz ist so besonders, dass ich niemandem davon erzähle, selbst Elke habe ich noch nicht mitgenommen. Der Weg dorthin führt über die Köhlbrandbrücke und schon die Fahrt über diese Schrägseilbrücke, wie sie technisch richtig heißt, ist bereits ganz großes Kino. Man schwebt quasi in sechzig Meter Höhe über dem Hafen, der sich nach allen Seiten endlos ausbreitet und blickt dabei über die Elbe auf Hamburg mit seinen Kirchen und Türmen. Schwer vorzustellen, dass die Brücke für die immer größer werdenden Containerschiffe zu niedrig geworden ist und die Pötte mittlerweile mit nur wenigen Metern Abstand zwischen den Schiffsaufbauten und den Brückenverstrebungen unter ihr durchschwimmen.

Ich habe Glück und werde auf meinem Weg zur Köhlbrandbrücke unterwegs nirgends von Absperrungen oder Konvois des Motorradgottesdienstes aufgehalten. Die Triumph kämpft sich die Steigung der Brücke hoch und ich gleite, zwischen

LKWs eingeklemmt, auf der zweispurigen Fahrbahn über den Seitenarm der Elbe. Eine hüfthohe Absperrmauer trennt mich vom Brückengeländer und dem Radweg. Falls die Triumph jetzt ihren Geist aufgibt, fehlt der Platz, um entspannt anzuhalten. Das ist übrigens den Selbstmördern egal, wenn sie ihr Auto anhalten und sich über das Geländer schwingen, um nach einem langen Sturz in den Fluten der Elbe zu landen.

Mir reicht es, die Ausfahrt Waltershof zu nehmen, denn dieser Stadtteil strahlt bereits genügend morbiden Charme aus. Von dort aus funktionieren die Wegschilder zu meinem Platz auch als Lehrpfad für die Industriegeschichte des Hafens, vom Kohlfleetdamm geht es über den Tankweg zum Petroleumhafen. Vorher biege ich am Jachthafen ab, obwohl der schon vor langer Zeit von den Fertigungsanlagen und Tanks der chemischen Industrie verdrängt wurde.

Ich stelle die Triumph in den Schatten der Betonmauer, die jetzt zwischen mir und der Elbe liegt. Es gibt einen luxuriösen Übergang auf die andere Seite, Stahltreppen überwinden die Mauer an einer Art Aussichtsturm. Jedes Mal, wenn ich auf der Treppe über der Mauer stehe und sich der freie Blick auf die Elbe öffnet, bekomme ich eine Gänsehaut. Die Halbinsel des Petroleumhafens ragt weit in den Fluss hinein und die andere Seite des Elbufers mit den Hängen an der Elbchaussee in Övelgönne scheint zum Greifen nah.

Ein steifer Wind weht mir ins Gesicht, als ich auf den hellen Flusskieseln nach rechts am Wasser entlanggehe. Nur selten treffe ich hier einen einsamen Angler oder einen Schiffsliebhaber, und wenn, gehen wir uns möglichst aus dem Weg, denn nichts ist schöner, als die Elbe für sich ganz alleine zu haben.

Der Weg über die Kiesel ist eng und beschwerlich, immer wieder muss ich über stachelige Brombeerbüsche klettern. Dafür weitet sich mit jedem Meter der Blick auf Hamburg mit dem Museumshafen, dem Ausrüstungskai und schließlich dem Fischmarkt. Und im Fluss neben mir schieben sich die Schiffe in Steinwurfweite aneinander vorbei. Riesenpötte wie schwimmende Häuserblocks, kleine Frachter, Lotsenschiffe und dazwischen die Fähren. Segelboote wuseln in beiden Richtungen auf dem Strom.

Der Weg führt immer weiter, bis ich am Ende einen Haken nach rechts schlage und mitten im Parkhafen lande. Hier gibt es einen ungenutzten Anleger, der weit in das Wasser hineinragt, und einen kleinen Hafenpoller mit einer Mauer im Rükken. Ich begrüße meinen Platz wie einen alten Freund, setze mich auf das von der Sonne vorgewärmte Metall, ziehe die Beine an und lehne mich gegen die Mauer. Vor mir glitzert das Wasser in einem Blau, als wäre ich am Mittelmeer. Tante Heidi geht mir durch den Kopf. Ich kann nicht glauben, dass sie aus meinem Leben verschwunden ist. Weil ihr Tod so schwer vorstellbar ist, hat sich in mir noch keine Trauer breitgemacht. Wahrscheinlich wird sie später in Niendorf am Fenster stehen und mir zuwinken, wenn ich vorfahre.

Zwei Containerschiffe, werden auf der anderen Seite des Parkhafens entladen. Der Wind weht weiter mit aller Macht, rings um mich herum wird geschäftig gearbeitet, aber ich bin das Auge des Sturms, hier herrscht Ruhe und die legt sich jetzt wie erhofft auch über mich. Ich sehe mich in diesem Augenblick wie von oben, als würde ich mit Google Earth langsam aus dem Bild von mir auf dem Hafenpoller herauszoomen, bis der Parkhafen komplett zu sehen ist, danach die Elbe bis zum anderen Ufer, schließlich die Innenstadt und dann die ganze Stadt Hamburg, wie sie da zwischen Nordsee und Ostsee liegt.

Ich blicke hinunter auf mich und mein Leben in dieser Stadt, in der ich als Kind spielte, zur Schule ging, Freunde und Freundinnen fand. Das bin ich und so ist mein Leben. Doch seitdem ich den Koffer aus Pits Keller geöffnet habe, ist meine Selbstsicherheit erschüttert.

Als Kind habe ich mir oft vorgestellt, ich sei als Baby nach der Geburt im Krankenhaus versehentlich vertauscht worden, meine Mutter und mein Vater seien gar nicht meine wirklichen Eltern. Dieser Tagtraum löste immer eine süße Melancholie aus, eine geheimnisvolle Stimmung voller Verlorenheit und Trauer.

Genau so fühle ich mich jetzt. Ich habe mich in den letzten vierundzwanzig Stunden verhalten, als sei ich ein harter Rocker, der sich durch die Nacht trinkt, Leute schlägt und Pensionäre überfällt. Nichts bin ich weniger als solch ein Rocker, der Zorn dahinter ist mir eigentlich vollkommen fremd. Ich atme tief und starre auf das Wasser. Die Gedanken im Kopf kommen zum Stillstand, bis ich nur noch sitze und dem Glitzern des Wassers zusehe.

Ein großes Containerschiff schiebt sich ins Blickfeld, an Bug und Heck von zwei Schleppern mit starken Schlepptrossen gesichert. Je weiter es in den Parkhafen gezogen wird, desto deutlicher werden seine ungeheuren Dimensionen. Es scheint zu lang für dieses Hafenbecken zu sein und es sieht aus, als müsse es jeden Augenblick an die Kaimauer auf der anderen Seite stoßen.

Die beiden Schlepper positionieren sich an Bug und Heck jeweils links und rechts neben das Schiff und beginnen damit, es auf dem engen Platz zu drehen. Das Wasser brodelt unter den Schiffspropellern der Schlepper, die 5000-PS-Motoren geben alles, um mit dem Containerschiff die riesigen Wassermassen zu verdrängen. Zentimeterweise dreht sich das Schiff auf der Stelle, das Heck schwenkt weniger Meter von meinem Anleger entfernt wie eine hohe Mauer an mir vorüber. Ich muss den Kopf in den Nacken legen, um ganz oben einen Matrosen zu entdecken, der über die Reling schaut und den Abstand kontrolliert. Er winkt mir zu, mit einer einzigen, kurzen Bewegung. Ich winke zurück. Alles scheint unter Kontrolle.

Ich hole mein Handy heraus und suche Vaters Telefonnummer im Verzeichnis. Das mache ich unbewusst, ohne darüber nachzudenken.

„Hallo?"

Seine Stimme dringt durch das Windgeräusch merkwürdig dumpf an mein Ohr. Mir ist nicht klar, warum ich ihn anrufe.

„Hi, Papa."

Ganz plötzlich frage ich, was ich noch nie gefragt habe.

„Warum habt ihr euch eigentlich damals getrennt, Mama und du? Das war ihre Idee?"

Meine Frage macht ihn sprachlos. Draußen auf der Elbe tutet ein Schiff mit einem enormen Bass-Ton. Denselben Ton höre ich auch aus dem Handy. Mein Vater lebt am selben Fluss wie ich.

„Ja, sie hat die Scheidung gewollt. Ich konnte sie nicht davon abbringen."

„Weshalb nicht, warum wollte sie, dass du gehst?"

Meine Frage ist so eindringlich und schnörkellos, dass auch er jedes Zögern aufgibt.

„Wegen der Sache mit Pit. Sie hat mir die Schuld daran gegeben. Sie sagte, wenn ich weniger Angst vor Störte gehabt hätte, wäre das nicht passiert."

„Wieso wäre der Unfall nicht passiert, wenn du keine Angst vor Störte gehabt hättest?"

Vater holt Luft, bevor er antwortet.

„Störte war bei dem Unfall dabei. Ich glaube, er hat nachgeholfen. Wenn ich mutiger gewesen wäre, hätte er das nicht gewagt. Ich habe nicht gut auf meinen kleinen Bruder aufgepasst. Weil ich zu viel Furcht vor dem großen Störte hatte. Deine

Mutter konnte danach nicht länger mit einem Feigling zusammenleben."

Vaters Geständnis macht mich froh. Die Andeutungen von Mutter und Tante Heidi beginnen, endlich Sinn zu machen. Und auch seine Zerrissenheit, die Mischung aus Nähe und Distanz, wird erklärbar. Mir wird schlagartig klar, wie quälend all das für ihn gewesen sein muss. Zum ersten Mal im Leben fühle ich mit meinem Vater.

„Das hört sich furchtbar an. Warum hast du mir das nicht schon längst erzählt? Ich hätte dich viel besser verstanden."

Ich glaube, ich höre meinen Vater schluchzen. Es ist mir nicht angenehm, ihn so zu erleben. Ich halte die Spannung schlecht aus und komme lieber wieder zurück zu den offenen Fragen. Je weniger es von ihnen gibt, desto besser ist das für unser aller Seelenheil.

„Dass man vor Störte Angst haben muss, habe ich verstanden. Aber warum hat er bei Pits Unfall nachgeholfen? Wodurch war Pit eine Bedrohung für ihn? Welches Geheimnis kannte Pit?"

Vater windet sich, das spüre ich, ohne ihn zu sehen. Ich bin sicher, er ist genauso gierig auf diese neue Nähe zwischen uns wie ich es bin. Aber immer noch hält ihn etwas zurück.

„Ich schwöre dir, ich weiß es nicht. Aber ich bin froh darüber, denn sobald du die Wahrheit kennst, wirst du für Störte zur Bedrohung. Ich will nicht, dass dieser Mann nach dir sucht."

„Dafür ist es wahrscheinlich zu spät. Ich war bei Bredlow, dem Beamten von der Rocker-Kartei damals. Der hat genauso viel Angst vor Störte wie du. Ich habe behauptet, Pit und ich gingen morgen zum Abendblatt."

„Nein! Das wirst du lassen!"

Bis heute habe ich meinen Vater weder weinen gesehen

noch brüllen gehört. Manchmal verändert sich vieles ganz schnell. Ich versuche, ihm zu widersprechen: „Dieser Mann hat viel Leid über unsere Familie gebracht. Und er hat immer noch Macht über uns. Wenn du dich bloß selbst hören könntest."

„Ich habe jede Menge Grund, mir Sorgen zu machen. Störte ist skrupellos."

„Ich weiß. In der vergangenen Nacht sprach ich mit Biker. Ich habe ihn gezwungen, bei Störte anzurufen und zu behaupten, ich würde dieses verdammte Geheimnis kennen. Kurz darauf ist Biker verschwunden. Und ich bin auf eine große Blutlache gestoßen. Vielleicht war es das Blut von Biker."

„Biker ist seit damals so eine Art Handlanger und Horchposten von Störte. Bist du wahnsinnig, ihn so unter Druck zu setzen? Siehst du nicht, was passiert, wenn man sich mit Störte anlegt? Um Gottes Willen, wir müssen Störte klarmachen, dass du nichts weißt. Ich werde ihn anrufen. Bleib wo du bist, rühr dich nicht vom Fleck, hörst du?"

Auch wenn mich Vaters Dringlichkeit verunsichert, muss ich lachen.

„Ich befürchte, ich kann hier nicht bleiben. Ich bin nicht bei Pit, sondern quasi mitten in der Elbe. Am Parkhafen in Waltershof."

Mein Vater hat kein Verständnis für mein Lachen. Er ist todernst und gibt mir Anweisungen wie ein strenger Vater. Merkwürdig, aber so etwas habe ich mir schon lange gewünscht.

„Hör zu, Jan. Du fährst jetzt sofort zu Pit. Bleib bei ihm und lass niemand ins Haus. Ich komme zu euch."

Immer noch schwanke ich zwischen Beunruhigung und Belustigung. Der letzte Satz meines Vaters könnte aus einem schlechten Drehbuch stammen. Dann blicke ich auf den rotbraunen Fleck unter meinem Schuh und richte mich auf.

„Okay. Vielleicht hast du Recht. Elke ist ja auch bei Pit. Ich fahre jetzt zu den beiden."

„Elke ist auch im Haus? Du Idiot! Los, fahr schon!"

Ich will ihm noch sagen, dass er die ganze Geschichte nicht dramatisieren soll, aber er hat schon aufgelegt. Vater übertreibt seine neue Rolle als väterlicher Beschützer eindeutig. Kopfschüttelnd blicke ich noch einmal zu dem Containerschiff, das mittlerweile sicher am gegenüberliegenden Kai festgemacht hat, dann mache ich mich auf den Weg zurück zur Triumph.

Meine meditative Gelassenheit ist leicht angekratzt. Wie glaubhaft mag für Störte meine Behauptung sein, morgen beim Abendblatt alles zu erzählen, was ich über ihn weiß?

Ich erinnere mich an den fleischigen Nacken des Mannes auf den Fotos zu seinem Prozess. Ob sich so ein Typ von den vagen Drohungen eines Youngsters beeindrucken lässt? Zumindest könnte er versuchen, mich einzuschüchtern und dabei auschecken, wie viel ich wirklich weiß.

Ohne Zweifel ist ihm bekannt, wo Pit wohnt. Meine Schritte werden länger. Elke und Pit sitzen in Niendorf auf der Veranda und warten auf mich. Ich verfalle in einen leichten Trab. Im nächsten Augenblick renne ich, so schnell ich kann.

Die Rückfahrt mit der Triumph beruhigt mich wieder etwas. Das sonore Bollern des Motors und die defensive Fahrweise des Oldtimers sorgen für eine gewisse Tiefenentspannung. Außerdem versuche ich mir klarzumachen, dass es bisher keine konkrete Bedrohung durch Störte gab. Vielleicht läuft der Parka-Mann gerade vergnügt durch Hamburg und Störte interessiert sich seit Jahren nur noch für die Aufzucht von Süßwasserfischen.

Die Gefühle bleiben zwiespältig, während ich mich durch die Stadt treiben lasse. Hamburg ist in einer sommerlichen Sonntagnachmittag-Stimmung, stiller und langsamer als sonst.

Selbst Polizei und Feuerwehr scheinen es entspannt angehen zu lassen. Ein Löschzug verzichtet auf die Dauersirene und schaltet sie nur kurz ein, bevor er mich überholt und der bald darauffolgende Streifenwagen begnügt sich sogar mit Blaulicht. Zwei Kreuzungen weiter habe ich die Fahrzeuge wieder eingeholt, weil sie sich um ein brennendes Motorrad am Straßenrand gruppiert haben. Natürlich ist es wieder eine BMW, die da brennt. Die Feuerwehrleute beeilen sich nicht besonders, mit ihren Löschmitteln zum Einsatz zu kommen. Die Maschine brennt ohnehin lichterloh und brennende Motorräder gehören in Hamburg anscheinend schon fest ins Straßenbild. Svens Bemerkung über die angebliche spontane Selbstverbrennung der BMWs ohne Eingreifen eines Brandstifters fällt mir ein. An einem besonders heißen Tag wie heute fällt es leicht, an einen technischen Fehler zu glauben, der bei Überhitzung der Maschine ein Feuer auslöst. Allerdings geraten die BMWs auch an kühlen Tagen in Brand. Und sie brennen konsequent nur im Großraum Hamburg. An der guten Hamburger Luft kann das nicht liegen.

Ich beschalle die Niendorfer Siedlung wieder mit den beiden trompetenförmigen Triumph-Auspufftöpfen. Alle Mann aufwachen! Zeit, das Abendessen vorzubereiten und das Bier für den Tatort kaltzustellen!

Als ich in die Straße einbiege, in der Pits Häuschen steht, suche ich nach Hinweisen auf ungebetene Besucher. In der kleinen Straße parkt außer Elkes Fiat kein weiteres Auto, aber es wäre vielleicht auch nicht besonders professionell von potentiellen Gewalttätern, bei ihrem Opfer ganz bequem vorzufahren. Ich lenke die Triumph um das Häuschen, schalte den Motor aus und lasse die Maschine auf den letzten Metern ausrollen.

Pit und Elke sitzen auf der Bank im Garten und rauchen gemeinsam eine Overstolz, das heißt Elke gibt die Zigarette schnell an Pit weiter, als sie mich kommen sieht. Sie ist eine dieser Gelegenheitsraucherinnen, die ständig dabei sind, dieses Mal final und für immer aufzuhören. Ich glaube, der Zug an einer gut abgelagerten Overstolz macht es leicht, für den Rest des Lebens mit dem Rauchen abzuschließen.

Ich winke den beiden zu, rolle mit der Triumph bis vor den Schuppen und stelle sie auf den Seitenständer. Nachdem ich den Helm ausgezogen habe, streichele ich ihr ein wenig die Sitzbank. Vielen Dank für die gute Fahrt, alte Lady! Ich werde Pit auf jeden Fall fragen, ob er mir erlaubt, das Schmuckstück den unverschämten Tatschereien eines TÜV-Prüfers auszusetzen und es wieder legal auf die Straße zu lassen. Dabei freue ich mich jetzt schon auf den Moment, in dem der gute Mann vom TÜV eine Probefahrt machen will und sich mit dem Kickstarter abstrampelt, weil er keine Ahnung hat, dass man den Vergaser fluten muss. Dabei weiß das jeder echte Biker wie ich – seit ungefähr vierundzwanzig Stunden.

„Na, du Weltenbummler. Besuchst du auch noch mal deinen Heimathafen?"

Elke umarmt mich von hinten, ich drehe mich in ihren Armen um und ziehe sie an mich. Ich brenne darauf, sie an meinen Gefühlen und Gedanken teilhaben zu lassen, denn bisher kann sie nur ahnen, was in mir vorgeht. Und ganz behutsam will ich ihr auch mitteilen, dass ich uns alle möglicherweise in Gefahr gebracht habe. Der richtige Moment für all das ist aber noch nicht gekommen.

Pit tritt zu uns, klopft mir fest auf den Rücken und widmet sich der Triumph. Er hockt sich vor den Motor und beugt sich tief bis auf den Boden. Ich hocke mich neben ihn. Ein fetter, dunkler Tropfen Öl hängt an einer Kante des Motorgehäuses. Wir sehen ihm dabei zu, wie er immer länger wird und in das Gras fällt.

„Oh je. Ist das ein Problem?", frage ich vornübergebeugt. Pit steht auf, klopft sich Grashalme von den Knien und schüttelt den Kopf.

„Es wäre ein schlechtes Zeichen, wenn die jetzt kein Öl verlieren würde. Dann hätte sie nämlich unterwegs bereits alles verloren."

„Na, da bin ich aber froh. Ich werde gleich das Nummernschild zurück auf die Fazer bauen. Die Triumph kann sich jetzt erst mal ausruhen."

Wir grinsen uns an. Dies ist vielleicht der richtige Moment für eine kleine Ansprache.

„Hört mal. Mein Vater ist auf dem Weg zu uns. Er macht sich Sorgen, weil ich Störte habe bestellen lassen, wir würden uns morgen wegen seines Eintrags in diese Rocker-Kartei an die Presse wenden. Vater glaubt, Störte könnte versuchen, das zu verhindern."

Pits Gesicht wird ausdruckslos. Er tritt einen Schritt zurück und wendet sich ab. Elke hingegen tritt dicht vor mich hin und verschränkt die Arme. Ich weiß, was jetzt kommt und mache mich auf einiges gefasst.

„Wie kannst du diesem Viech bestellen, wir würden uns an die Presse wenden? Woher hast du das Recht, für Pit zu entscheiden? Wenn du der einsame Rächer bist, warum lässt du dann die anderen Menschen um dich herum nicht aus dem Spiel?"

Um sie zu beruhigen hebe ich die Hände, aber mir ist klar, dass ich keine guten Argumente habe.

„Ich versuche herauszubekommen, was damals mit Pit geschehen ist und wer die Verantwortung dafür trägt. Das mit der Presse ist doch nur ein Bluff, weil ich seit Tagen nicht weiterkomme. Alle, mit denen ich über diesen Störte rede, blocken ab und wollen mir nicht weiterhelfen."

Mit Blickkontakt versuche ich Elke in ihrem Zorn zu erreichen.

„Ich kann die Geschichte doch nicht einfach auf sich beruhen lassen und so tun, als sei nichts geschehen. Und Pit ist nicht gefährdet. Jeder weiß, dass er sich an nichts erinnert."

Leicht kann ich sehen, dass Elke nicht beruhigt ist und womöglich hat sie sogar Recht damit. Wenigstens wird ihr Tonfall etwas moderater.

„Und von wem hast du diese Botschaft bestellen lassen? Mit wem redest du denn, wenn du nächtelang unterwegs bist?"

„Gestern Nacht habe ich diesen Menschen mit dem Handy wiedergetroffen. Und heute Vormittag war ich bei dem ehemaligen Leiter der Rocker-Kartei. Pit hat ja angedeutet, er wisse, was über Störte in der Kartei steht."

Ich sehe zu Pit hinüber, der ein paar Meter weiter steht. Eigentlich ist er noch in Hörweite, seinem entrückten Gesichtsausdruck nach zu urteilen, hört er aber nicht zu. Elke folgt meinem Blick.

„Hast du nicht gerade eben gesagt, Pit kann sich an nichts erinnern? Wenn du dir nicht sicher bist, ob das stimmt, warum soll sich dann dieser Störte darauf verlassen?"

Ich blicke zu Boden. Weil mir nichts anderes einfällt, zucke ich mit den Schultern. Gegen besseres Wissen, versuche ich Elke weiter zu beruhigen.

„Vielleicht weiß Störte gar nicht mehr so genau, wo Pit wohnt. Es ist sechsunddreißig Jahre her, dass er etwas mit ihm zu tun hatte."

Elke lacht spöttisch. Sie zeigt mir einen Vogel.

„Bist du wirklich so naiv? Jeder Grundschüler findet heutzutage deine Adresse innerhalb von fünf Minuten im Internet. Wir können nur hoffen, dass der Mensch gerade auf Ibiza oder sonst wo ist und besseres zu tun hat, als sich um alte Freunde zu kümmern."

Sie verstummt, als Pit wieder zu uns herantritt. An seinem Gesicht lässt sich nicht ablesen, ob er beunruhigt ist. Er zeigt auf die Fazer, die unbeachtet an einer Seite des Schuppens steht.

„Soll ich dir beim Umbauen helfen?"

Ich bin froh, aus der Konfrontation mit Elke fliehen zu können und nicke heftig.

„Ja, lass uns das angehen. Wenn du uns entschuldigen würdest…"

Ich gehe an Elke vorbei, die mir zum Abschied einen Stoß in den Rücken gibt.

Pit holt den Schraubenzieher und den Maulschlüssel aus dem Schuppen, die wir zum Demontieren des Nummernschilds brauchen. Eine Schraube hat sich losvibriert und steckt verkantet in der Führung durch das Blech des Nummernschilds und der Halterung dahinter. Ich versuche, sie mit Kraft herauszudrehen, aber Pit legt mir die Hand auf den Arm und geht zurück in den Schuppen. Er kommt mit dem Gummihammer von der Werkzeugwand zurück und schlägt die Schraube mit vorsichtigen Schlägen nach außen, bis sie unbeschädigt ins Gras vor uns fällt. Ich pfeife anerkennend zwischen den Zähnen. Die Triumph sieht ohne Nummernschild merkwürdig nackt aus. Wahrscheinlich ist sie beleidigt, dass wir ihr dieses Symbol für Alltagstauglichkeit abgenommen haben. Pit kommt mit mir zur Fazer und sieht mir zu, wie ich das Kennzeichen dort anschraube. Er begutachtet den Motor der Fazer und klopft gegen ein paar Teile am Motorrad.

„Kunststoff", sagt er und es gelingt ihm, in dieses eine Wort den Ausdruck grenzenloser Verachtung zu legen. Ich nicke lächelnd. Es würde mich brennend interessieren, was Pit nach einer Probefahrt über die Fazer sagt. Wahrscheinlich würde er über die hohe Leistung den Kopf schütteln, sich an den effektiven Bremsen und dem modernen Fahrwerk erfreuen. Ich schiele zu ihm herüber und sehe zu, wie er den Schraubenzieher und den Maulschlüssel einsammelt.

„Was glaubst du, Pit? Lässt Störte uns in Ruhe? Oder wird er hier auftauchen?"

Pits Miene bleibt undurchdringlich. Er antwortet mit einer kleinen Verzögerung.

„Keine Angst, min Junge. Mach dir man keine Sorgen."

Was soll ich von dieser Antwort halten? Wenn mich ein Halbinvalider mit einem Schädel-Hirn-Trauma beruhigen will, sollte mir das eigentlich zu denken geben.

Mich lenkt das Geräusch eines Motors ab, der irgendwo im Viertel lauter wird und sich langsam nähert. Ein Motorrad. Kurz darauf steht auch außer Zweifel, dass es eine Harley ist, in der ganzen Siedlung gut zu hören. Dabei ist die Harley leiser als die Triumph. Wenn Pit damit einverstanden ist, der Triumph eine frische Zulassung zu verpassen, sollten wir uns vielleicht vorher mit dem Thema Geräuschdämpfung beschäftigen. Aber im Moment ist die sich nähernde Harley wichtiger.

Ob sich gerade Störte standesgemäß als Alt-Rocker nähert, um in seinem Revier für Ordnung zu sorgen? Ich gehe die paar Schritte bis zur Hausecke und lausche auf das Motorgeräusch. Es zieht vorbei, dreht an einer Ecke um und kehrt langsam wieder zurück. Aus dem Augenwinkel sehe ich, dass auch Pit nähergetreten ist und mit zusammengekniffenen Augen Ausschau hält. Hinter der Fensterscheibe taucht das Gesicht von Elke auf. Das Motorgeräusch schwillt weiter an. Die Harley fährt auf Pits Haus zu, verlangsamt nur wenig und wird von ihrem Fahrer auf den Weg um das Haus herumgelenkt. Dann lässt mein Vater seine Maschine ausrollen und schaltet die

Zündung aus. Er sieht Pit und mich da stehen und seine Augen weiten sich.

„Was ist los? Ist alles in Ordnung?"

Ich nicke und zeige Elke hinter der Fensterscheibe zur Entwarnung meinen noch oben gerichteten Daumen. Störte braucht gar nicht hierher zu kommen. Die Angst vor ihm ist bereits da.

Vater parkt die Harley direkt neben der Triumph und der Fazer und nimmt seinen Helm ab. In den letzten Jahren habe ich ihn selten auf einem Motorrad gesehen und ich frage mich, ob er wegen des schönen Wetters mit der Harley unterwegs ist oder weil er glaubt, so ein Signal der Stärke gegen die potentielle Bedrohung durch einen Ex-Rocker auszusenden. Jedenfalls sieht der Garten durch die drei Motorräder nach einem richtigen Biker-Treff aus und das gefällt mir gut.

Vater kommt zu uns herüber, seine wenigen Haare liegen durch den Helm plattgedrückt auf dem Kopf und das wirkt eher niedlich als voller Stärke. Ohne nachzudenken streiche ich ihm mit den Fingern durch die Haare und richte sie wieder auf. Wir sind beide gleichermaßen verblüfft über diese körperliche Berührung, mit der wir wenig Erfahrung haben. Vater sieht mich irritiert an, dann nickt er kurz. Unser Telefongespräch hat für eine neue Nähe gesorgt, an die wir uns beide erst gewöhnen müssen.

Elke kommt aus dem Haus und begrüßt Vater mit einem förmlichen Händedruck. Die beiden haben sich erst zweimal gesehen und kennen sich kaum. Pit bleibt zunächst ein wenig abseits stehen, kommt dann aber doch zu uns. Die Brüder umarmen sich. Es dauert nur zwei Sekunden, verursacht bei mir aber trotzdem eine Gänsehaut. So nah beieinander habe ich sie noch niemals erlebt.

„Ich habe ein wenig herumtelefoniert."

Vater macht eine Kunstpause. Er ist sich darüber im Klaren, dass er eine neue Rolle als Entscheider und Verantwortlicher übernommen hat und die kostet er voll aus.

„Keiner von meinen alten Freunden weiß, ob Störte in der Stadt ist und niemand hat irgendeine Äußerung von ihm über uns mitbekommen."

Er sagt *uns* und sorgt damit bei mir für ein warmes Gefühl im Bauch. Wie wir vier hier im Kreis stehen, sind wir tatsächlich eine kleine Gemeinschaft.

„Biker ist seit ein paar Tagen nicht mehr gesehen worden, aber das hat nicht viel zu bedeuten. Der ist überall und nirgends."

Pit und Elke schauen fragend, deshalb reiche ich schnell eine Erklärung nach.

„Biker ist der Mann mit dem Handy, von dem ich erzählt habe. Du hast eben zugehört, nicht wahr, Pit?"

Pit nickt.

„Vielleicht habe ich Biker gestern Nacht in Gefahr gebracht. Ich habe ihm vorgelogen, ich würde Störtes Geheimnis kennen und ihn dann dazu gebracht, bei Störte anzurufen. Der hat Biker total angemacht und dafür gesorgt, dass sie sich sofort treffen. Als ich später zu dem Treffpunkt kam, fand ich dort eine Blutlache."

Elke stößt einen Schreckenslaut aus. Ich verschweige geflissentlich, warum ich erst später dazugekommen bin. Das Ganze ist mir auch ohne meinen Knockout unangenehm genug. Ich trage die Verantwortung für die Ereignisse. Aber alles ist nur deshalb so weit gekommen, weil die Wahrheit über Störte immer noch im Dunkeln liegt. Vielleicht kann ich meinen Vater vor seinem Bruder und Elke doch noch zum Reden bringen.

„Wir würden hier viel entspannter stehen, wenn wir wüssten, was es mit dem Eintrag in die Rocker-Kartei auf sich hat. Deshalb frage ich dich jetzt ein letztes Mal: Was steht dort über Störte?"

Vater sieht seinen Bruder an. Pit hebt den Kopf und sucht den Augenkontakt. Sein Gesichtsausdruck bleibt undurchdringlich, ich kann nicht erkennen, ob er mit seinem Blick etwas mitteilt. Schließlich wendet sich Vater zu mir.

„Wenn ich es wüsste, hätte ich es schon längst öffentlich gemacht. Seit Jahrzehnten ist klar, dass Störte unangreifbar ist. Irgendetwas schützt ihn, selbst die Polizei verfolgt ihn nur wegen Bagatellen. Aber ich kenne das Geheimnis nicht."

„Dieser Bredlow, der ehemalige Leiter der Kartei, hat heute auch so merkwürdig angedeutet, die Polizei solle aus dem Spiel bleiben. Das sagt ein Kriminalrat außer Dienst!"

Elke unterbricht aufgeregt.

„Bedeutet das, wir können uns jetzt nicht an die Polizei wenden? Willst du wirklich sagen, die Polizei schützt uns nicht?"

Mein Vater zuckt mit den Schultern.

„Das sind ja alles nur Gerüchte. Keine Ahnung, was davon stimmt. Aber was könnten wir sagen, wenn wir jetzt die Polizei rufen?"

Vater hält sich einen imaginären Telefonhörer ans Ohr und spricht mit einer künstlichen Stimme weiter.

„Hallo Polizei, kommen Sie schnell! Wir haben Angst vor einem Mann, aber wir wissen nicht warum. Wir haben ihn weder gehört noch gesehen. Bitte, bitte, kommen Sie trotzdem ganz schnell und beschützen Sie uns." Dann schlägt seine Stimme wieder um in den üblichen Brummton.

„Das wird so nicht funktionieren. Wir müssen auf uns selbst aufpassen."

Vater wendet sich ab, um ins Haus zu gehen, aber Pit legt ihm die Hand auf die Schulter und hält ihn zurück.

„Moment mal", sagt er nachdrücklich, und wir anderen erstarren. So selbstbewusst haben ich Pit noch nie gesehen.

„Ich kenne das Geheimnis von Störte."

Vater sieht Pit an, als sei er ein Außerirdischer. Er hat Pits Veränderung in den letzten Tagen ja noch gar nicht richtig mitbekommen. Mir bleibt der Mund offen stehen.

„Irgendwo in meinem Kopf liegt das Wissen über Störtes Kartei-Eintrag. Aber ich kann die Stelle einfach nicht wiederfinden."

Pit streicht sich wieder über die Narben auf seinem Schädel.

„Ich versuche seit gestern, in dem unaufgeräumten Zimmer hier oben in meinem Kopf Ordnung zu schaffen. Ich sehe die Schublade mit der Erinnerung vor mir, aber immer wenn ich danach greife, ist sie verschlossen."

Jetzt lässt er den Kopf hängen und blickt zu Boden.

„Mein Kopf ist kaputt. Ich bin in Stücke gehauen."

Ich will ihn umarmen, aber mein Vater ist schneller. Elke und ich legen unsere Arme von außen um die beiden. So stehen wir eng beieinander auf der Wiese. Der Schatten des Hauses ist langsam auf uns zugekrochen und berührt bereits unsere Füße. Eine Elster schwirrt schimpfend über die Veranda hinweg. Schließlich lassen wir uns los und treten auseinander.

„Würstchen", sagt mein Vater mit belegter Stimme. „Ich habe Würstchen mitgebracht. Lasst uns grillen. Gibt es in diesem Haus irgendwo Grillkohle?"

Sein Vorschlag lockert die Stimmung kurzfristig auf. Aber während Elke ins Haus geht, um nach Grillkohle zu suchen, stehen wir drei vor dem Schuppen und schweigen. Das vage Gefühl, bedroht zu sein und Pits niederschmetternde Selbsterkenntnis machen uns stumm. Schließlich halte ich die Stille nicht länger aus.

„Aus dem Schuppen könnte man eine schöne Werkstatt machen, finde ich. Pit, was hältst du von der Idee? Ein Ort, an dem man in aller Ruhe schrauben kann?"

Pit nickt und mein Vater geht begeistert auf diese Ablenkung ein.

„Gute Idee!", sagt er mit ein wenig zu viel Enthusiasmus.

„Kommt, wir schauen uns die Meisterwerkstatt mal an."

Er lotst uns in den Schuppen und springt herum wie ein Makler, der einem interessierten Käufer ein leerstehendes Haus präsentiert.

„Der Platz reicht vollkommen. Die Werkbank hier ist soweit ja noch in Schuss. Aber besseres Licht muss her. Und den Boden sollten wir fliesen. Auf diesem Holzboden findest du keine Schraube wieder, die dir hingefallen ist."

„Ich könnte mit meinem Rabatt durch Personaleinkauf günstiger an eine mechanische Hebebühne kommen. Die muss ja nicht so riesig sein."

„Eine Harley sollte die schon tragen können." Pit grinst verhalten in Richtung meines Vaters, als er das sagt. „Ich nehme an, Harleys sind noch genauso anfällig wie damals.

Die Brüder starten ein halbernstes Streitgespräch über die Qualitäten einer Harley im Vergleich mit einer Triumph. Es hört sich an, als hätten sie solche Gespräche schon früher geführt.

„Sagt mal, ist etwa damals jemand aus eurer Clique mit einer Harley unterwegs gewesen?"

Die beiden blicken mich verdutzt an.

„Du hast wirklich überhaupt keine Ahnung von der Zeit damals, Jan."

Mein Vater schafft es, gleichzeitig beleidigt und mitleidig zu klingen.

„Wir hatten noch nicht mal genug Geld für Zigaretten. Kennst du den Film *Rocker* von Lemke, dem deutschen Regisseur?

Von YouTube kenne ich den prähistorischen Fernsehmenschen Robert Lemke mit seinem heiteren Berufe raten und „Welches Schweinchen hätten Sie denn gerne?", aber der wird wohl nicht gemeint sein. Also schüttele ich den Kopf.

„Das ist ein guter Film. Lemke hat den 1972 mit echten Hamburger Rockern als Laienschauspielern gedreht. Leider waren wir nicht dabei, sonst könntest du uns heute im Kino bewundern. Jedenfalls sind die Rocker in dem Film auch in einem Auto unterwegs. Und im wahren Leben hatten diese Jungs trotz Gage so wenig Geld, dass sie nicht mal volltanken konnten. Das Auto wurde zu den Dreharbeiten geschoben, damit das Benzin in der Karre ausreichte, solange gefilmt wurde. So war das damals."

Die Geschichte hört sich für mich ziemlich unglaublich an. Und nach einem interessanten Film.

„Dann war also niemand von euch mit einer Harley unterwegs, nehme ich an."

„Worauf du dich verlassen kannst. Die paar Harleys in Hamburg kannten wir auswendig. Allerdings nur vom Vorbeifahren. Die Fahrer waren nicht so drauf wie wir, die hingen nicht mit uns rum. Aber heftige Benzingespräche über Harleys konnten wir trotzdem führen. Die kosten ja nichts."

Pit wird das Thema offensichtlich langweilig, er interessiert sich mehr für die Zukunft als für die Vergangenheit.

„Ein Schweißgerät wäre gut. Für die Werkstatt hier."

Ich denke an Pits missglückte Kaffeezubereitungen und stelle mir für einen Augenblick vor, wie er im Schuppen mit einem Schweißgerät hantiert. Überhaupt keine gute Idee! Wahrscheinlich steht mir ins Gesicht geschrieben, was ich denke, denn Pit zuckt mit den Schultern.

„Oder vielleicht doch kein Schweißgerät. Braucht eh kein Mensch."

Vater und ich nicken bedächtig. Wie gut, dass Pit sich nicht in eine unrealistische Einschätzung seiner Fähigkeiten verrennt. Das Heimtückische an seinem Schädel-Hirn-Trauma ist ja, dass er viele Tätigkeiten und Abläufe perfekt beherrscht und dann zwischendurch die wunderlichsten Ausfälle hat. Wahrscheinlich geht es ihm wie uns und er ist von diesen Fehlleistungen selbst überrascht. Jedenfalls hat unser kleines Werkstattgespräch merklich zur Entspannung beigetragen. Wir schlendern zufrieden aus dem Schuppen ans Tageslicht.

Da ich Elke durch die Fenster nicht sehen kann, gehe ich ins Haus, um nach ihr zu suchen. Pit und Vater bleiben draußen vor den Maschinen stehen und beginnen, die Daseinsberechtigung von japanischen Motorrädern in Frage zu stellen.

„Elke?"

Das Häuschen ist so klein, dass Elke mein Rufen im ganzen Haus hören sollte und ich es mir sparen kann, in jedem der kleinen Zimmer nachzusehen.

„Eeeeeeelke!"

Ich brülle, so laut ich kann. Selbst wenn sie eingeschlafen ist, würde sie jetzt erschreckt hochfahren und sich melden. Aber das Haus bleibt still. Ich bin weniger beunruhigt als genervt davon, dass ich sie nun doch im ganzen Haus suchen muss. Das Wohnzimmer und die Küche kann ich überblicken, dort ist sie nicht.

Mir fällt der Keller ein, der möglicherweise besser schallisoliert ist, als ich glaube. Die alte Kellertür ist nicht abgeschlossen, steht aber auch nicht offen. Sie quietscht, als ich sie aufziehe. Die Treppe hinunter in den Keller liegt im Dunkeln, das Licht ist nicht eingeschaltet. Ich könnte die Tür jetzt wieder schließen, denn offensichtlich ist Elke nicht im Keller. Aber plötzlich bekomme ich Angst. Vielleicht ist das Licht ausgegangen, als Elke auf der Treppe war, und jetzt liegt sie ohnmächtig unten im Dunkeln. Ich drehe an dem vorsintflutlichen Lichtschalter, die verstaubte Glühbirne leuchtet auf und wirft ein mattes Licht auf die Holzstufen. Natürlich liegt keine Elke am Ende der Treppe auf dem Boden. Trotzdem steige ich in den Keller hinab und werfe einen Blick in die drei kleinen Räume. Alles, was ich hier sehe, ist mindestens doppelt so alt wie Elke, von ihr fehlt jede Spur.

Die Treppe nach oben nehme ich mit zwei Stufen auf einmal und auch die schmale Holztreppe in den ersten Stock absolviere ich wie ein Teilnehmer am New Yorker Treppenlauf auf das Empire State Building. Aber auch in den Zimmern des oberen Stockwerks finde ich Elke nicht.

Mit zwei Sprüngen bin ich wieder unten im Erdgeschoss. Jetzt gehe ich zu der Tür von Tante Heidis und Pits Schlafzimmer. Mein Blick in das Zimmer, in dem die beiden so viele Jahre geschlafen haben, ist so kurz wie möglich. Ich erwarte, hinter mir Tante Heidi zu hören, die eine missbilligende Bemerkung macht, aber natürlich bleibt das Haus still.

Dann bleibt nur doch das Badezimmer übrig. Ich horche an der verschlossenen Tür und klopfe, als ich von drinnen keine Geräusche höre. Ich klopfe noch einmal, öffne dann die Tür. Auch dieser Raum ist leer, Elke hat das Haus verlassen. Aber wohin ist sie gegangen und warum hat sie sich nicht verabschiedet?

Ein Telefon klingelt leise. Der Klingelton ist mir unbekannt, deshalb reagiere ich zunächst nicht. Beim zweiten Klingeln wird mir klar, dass es von Tante Heidis und Pits Haustelefon kommen muss. Ich folge dem Klingelgeräusch und taste mich im schlecht beleuchteten Flur zu dem Apparat. Schließlich habe ich den Hörer gefunden und hebe ab.

„Hallo?", sage ich, denn ich will Missverständnisse vermeiden und mich nicht mit Pits Nachnahmen melden, der ja auch meiner ist. Niemand antwortet, aber die Leitung ist nicht tot, ich höre leises Rauschen und Hintergrundgeräusche.

„Hallo, ist da jemand?"

Es bleibt still, dann wird am anderen Ende leise aufgelegt. Auf meinem Handrücken stellen sich alle Haare auf. Mein Kopf ist absolut leer, während ich durch das Wohnzimmer zurück zur Gartentür gehe. Ich bin alarmiert, als wäre direkt neben meinen Kopf eine Feuerwehrsirene losgegangen. Pit hat das Telefon wohl auch klingeln gehört, denn als ich auf die Veranda trete, hat er sich umgedreht und fixiert mich. Ich schüttele den Kopf und lächle. Das Lächeln gelingt mir nicht, weil alle meine Gesichtsmuskeln total angespannt sind.

„Falsch verbunden", sage ich und ich weiß, dass Pit weiß, dass ich lüge.

Ich gehe zu den beiden herüber und mit jedem Schritt wächst meine Beunruhigung. Dieser wortlose Anruf und das leere Haus verbinden sich in meinem Kopf zu einem Horror-Szenario: Während wir drei im Schuppen standen, war jemand im Haus und hat Elke entführt. Und der Anruf war die stumme Drohung, ihr etwas anzutun. Diese Idee ist natürlich nur die Folge von zu viel Fantasie und schwachen Nerven. Andererseits, wo ist Elke? Ich bin hin und her gerissen. Ich möchte Pit und meinen Vater nicht unnötig beunruhigen, brauche aber ihre Unterstützung.

„Helft ihr mir bei einem kleinen Suchtrupp? Elke ist verschwunden."

Vater guckt belustigt.

„Wie verschwunden? Habt ihr euch gestritten, oder was? Ich dachte, du hättest ein besseres Händchen für Frauen als ich."

Pit wischt die launige Bemerkung meines Vaters mit einer energischen Armbewegung weg.

„Was heißt das, Elke ist verschwunden? Hast du überall im Haus nachgesehen?“

Ich nicke wortlos. Jetzt scheint auch meinem Vater zu dämmern, was uns beunruhigt.

„Hast du sie schon auf ihrem Handy angerufen?“

Sehr gute Idee. Ich zücke mein Handy und wähle ihre Nummer. Quälende Sekunden vergehen, in denen die Verbindung aufgebaut wird, dann höre ich endlich das Rufgeräusch in meinem Handy. Und ein Klingeln im Wohnzimmer. Ich muss nur einen Schritt in Richtung des Wohnzimmerfensters machen, um Elkes Handy dort auf dem Fensterbrett liegen zu sehen.

„Sie hat ihr Handy nicht dabei. Normalerweise geht sie niemals ohne das Ding aus dem Haus!“

Mein Vater versucht, beruhigend zu wirken, aber mittlerweile hat ihn die Sorge ebenfalls erreicht.

„Sie ist bestimmt an ihrem Auto. Oder geht nur kurz etwas einkaufen. Wir finden sie schon. Los, wir teilen uns auf!“

Er stampft uns voran bis zur Straße. Elkes Auto steht einsam und verlassen vor dem Haus.

„Okay, du gehst am Haus entlang bis zum Feld, Jan. Pit, du gehst vor bis zur Straßenecke und dann immer rechts herum, bis du wieder hier bist. Ich nehme die Abzweigung nach links und gehe einmal im Kreis, dann treffen wir uns automatisch wieder hier. Auf jetzt, keine Zeit verschwenden!“

Vater gibt mir einen kleinen Schubs in den Rücken und schickt mich los. Schon nach wenigen Metern wird mir klar, dass wir hier nur sinnlosen Aktionismus betreiben. Falls tatsächlich jemand im Haus war und Elke gegen ihren Willen mitgenommen hat, werden wir sie nicht auf der Straße wiederfinden. Es gibt in diesem Viertel keinen Supermarkt oder ein anderes Einkaufsziel, zu dem Elke ohne Auto aufgebrochen sein kann. Und auch unser Suchtrupp ist nicht besonders gut aufgestellt. Mein Vater weiß bestimmt nicht, wie ausgeprägt Pits Orientierungsprobleme sein können. Für Pit gibt es links und rechts, aber auch noch jeweils ein *anderes* links und rechts. Und das sind insgesamt zu viele verwirrende Möglichkeiten für eine Richtungswahl.

Ich bleibe stehen, drehe mich um und sehe gerade noch, wie Pit an der ihm zugewiesenen Straßenecke die falsche Richtung einschlägt. Er befindet sich nun auf einer Straße, die kilometerlang ohne eine Abzweigung geradeaus führt. Pit wird diese Gerade tapfer bis zum Ende entlanggehen, weil er Entfernungen nicht mehr richtig einschätzen kann. Fluchend drehe ich mich um und starte einen Sprint bis zu der Ecke, an der er abgebogen ist. Schon nach wenigen Metern beißen mich gemeine Seitenstiche und mein Kreislauf fährt Achterbahn. Die vergangene Nacht war offensichtlich keine Wellness-Erfahrung für meinen Körper. Als ich japsend an der Ecke ankomme, ist Pit bereits ein gutes Stück die Straße entlanggelaufen. Ich stütze mich vornüber gebeugt mit den Händen auf den Knien ab und hole tief Luft.

„Piiiiiit!"

Meine Stimme kippt vor lauter Atemnot um und macht aus dem Ruf einen halben Tarzan-Schrei. Pit tippelt weiter wie Charlie Chaplin die Straße entlang. Schlecht hören kann er gut. Also muss ich Extremsportler noch einen Spurt einlegen, bis ich in Hörweite an ihn herangekommen bin.

„He, Pit! Falsche Richtung!"

Er guckt verwundert und auch ein wenig beleidigt, als er sich umdreht und mich auf sich zuwanken sieht.

„Falsche Richtung? Hm, merkwürdig. Na, denn gehen wir besser wieder zurück."

Als wir es wieder bis zur Straßenecke geschafft haben, sehen wir meinen Vater, der seine Kreisbahn über die Nebenstraßen bereits beendet hat und an der Abzweigung irritiert zu uns herübersieht. Wir wackeln zu ihm. Mein Vater hat die Stirn gerunzelt. Ich muss gar nicht erst fragen, ob er Elke gefunden hat.

„Pit war dabei, sich zu verlaufen. Ich musste ihn zurückholen und bin deshalb nicht weit gekommen. Ich glaube, unser Suchtrupp ist keine gute Idee."

Vater nickt.

„Das ist mir auch klargeworden. Wenn schon, dann sollten wir die Straßen abfahren. Und Pit bleibt währenddessen in der Nähe des Telefons."

Wir drei kehren niedergeschlagen zum Häuschen zurück. Ich denke darüber nach, ob ich Elke besser im Umkreis von möglichen Aufenthaltsorten Störtes suchen soll, aber es ist ungefähr so sinnlos, auf dem Kiez auf und ab zu fahren, wie hier in Niendorf Feldwege zu kontrollieren. Meine Panik schwillt an und es gelingt mir nicht, sie mit rationalen Überlegungen niederzukämpfen. Wo ist Elke? Wir gehen um das Haus bis zur Veranda. Dort sitzt Elke auf der Bank. Vor ihr auf dem Tisch steht ein halbvoller Papiersack mit Holzkohle. Ihr Gesicht ist gerötet. Sobald sie redet, wird klar, es ist rot vor Zorn.

„Da seid ihr ja! Hört mal, Jungs, ich habe mir Sorgen gemacht! Ich finde es unmöglich von euch, einfach so abzuhauen, ohne mir ein Wort zu sagen. Da gehe ich nur mal kurz zu den Nachbarn, um nach der verflixten Grillkohle zu fragen, und als ich wiederkomme, seid ihr einfach weg. Könnt ihr euch vielleicht vorstellen, dass ich zurzeit durch solch eine Situation auf beunruhigende Ideen kommen kann?"

11.

Wir sitzen alle zusammen auf der Veranda und essen Grillwürstchen. Vater hat dafür aus dem Ofenrost und ein paar Ziegelsteinen einen Grill improvisiert, der erstaunlich gut funktioniert. Theoretisch fehlt ein kühles Bierchen, denn Heidi und Pit haben keinen Alkohol im Haus. Ich bin ganz froh, meinem Körper heute mal keinen Alkohol zuführen zu können.

Vater betreibt Konversation mit Elke und zwinkert mir zwischendurch anerkennend zu. Man könnte meinen, nur die Lust auf einen geselligen Grillabend habe uns hier zusammengeführt. Ich lehne mich zurück und genieße mit Pit schweigend den Ausblick auf den Garten, der sich langsam in Dunkelheit hüllt. Wo wir vorhin das Nummernschild gewechselt haben, schimmert noch der Gummihammer im Gras. Es wird wohl niemand auf ihn treten und sich verletzen. Die Umrisse der drei Motorräder verlieren sich langsam im dunklen Blätterüberzug des Schuppens.

„Sag mal, Pit. Die Triumph ..."

Dies ist die perfekte Gelegenheit, Pit nach der Zukunft der Tiger zu befragen.

Pit weiß genau, worauf ich hinaus will und kommt mir zuvor.

„Nur, wenn du auch mal tauschst. Ich will wieder fahren."

„Na, das sind ja große Pläne. Hast du eigentlich deinen Führerschein noch?"

Pit sieht mich an, als hätte ich ihn übel beleidigt.

„Abgegeben habe ich ihn jedenfalls nicht. Aber du hast Recht, ich sollte das Fahren in der Stadt erst mal üben. Der Verkehr gestern war ganz schön heftig."

Ich sage ihm lieber nicht, dass Hamburg gestern besonders still und friedlich dalag. Pit macht sich etwas vor. Es ist unwahrscheinlich, dass er in seinem Leben noch einmal mit einem Motorrad fahren wird.

Wir sitzen eine Weile schweigend nebeneinander, während es in meinem Kopf dröhnt. Ich habe immer noch keine klare Einschätzung, wie sehr ich uns alle in Gefahr gebracht habe, als ich heute Bredlow mit der Presse drohte. Morgen früh werden wir alle bis auf Pit das Haus verlassen und den ganzen Tag über arbeiten. Wie sollen wir es schaffen, ständig auf Pit aufzupassen? Brauche ich selbst von jetzt an Schutz? So kann das nicht weitergehen. Ich kann keinen klaren Gedanken fassen. Umso überraschter bin ich, als Pit sich zu mir herüberbeugt und leise zu mir spricht.

„Wir haben ja das Abendblatt abonniert. Auf dem Fernseher liegt die Zeitung von heute mit den Telefonnummern der Redaktionen. Ich glaube, die Hamburg-Redaktion ist die richtige. Morgen früh rufst du da an und wir fahren hin."

Ich drehe den Kopf zu Pit und sehe ihn fasziniert an. Mein Onkel scheint keine Probleme damit zu haben, die Situation einzuschätzen.

„Und was erzählen wir da? Wir haben keine Fakten, nur Gerüchte und Andeutungen."

Ich flüstere, obwohl das der sicherste Weg ist, die Aufmerksamkeit von Elke zu wecken. Pit antwortet mir dicht an meinem Ohr.

„Wir sagen, was wir wissen. Störte war bei meinem Unfall dabei. Bredlow droht und hat Angst. Biker kennt beide und ist verschwunden. Diese Kartei muss es ja noch irgendwo geben.

Ein Journalist kann bestimmt beantragen, Einsicht zu nehmen. Für uns ist nur wichtig: Sobald wir dieses Gespräch geführt haben, ist die Katze aus dem Sack. Wir sind dann nicht mehr alleine im Schussfeld. Wenn man so sagen will …"

Ich nicke, auch wenn ich nicht davon überzeugt bin, dass wir im Abendblatt überhaupt jemanden finden werden, der uns zuhören will. Aber das wird sich morgen zeigen. Ich werde also so früh wie möglich mit Pit zu der Redaktion fahren und bei meinem Arbeitgeber melden, dass ich aus familiären Gründen ein paar Stunden später komme. Das wird meinen Kollegen nicht gefallen, aber da müssen sie durch. Ich bin froh, dass wir eine Entscheidung gefällt haben.

Es dauert nicht lange, und zähe Verteilungskämpfe um die Schlafplätze setzen ein. Pit bietet meinem Vater das Bett von Heidi an, aber der lehnt das natürlich ab. Also wird mein Vater in Pits Bett schlafen, während Pit auf sein Sofa im Wohnzimmer umzieht. Elke schläft wieder im Gästebett. Ich lege mich lieber auf den Teppich im Wohnzimmer und behaupte, das Gästebett sei mir zu eng. In Wahrheit will ich den Garten und die Verandatür besser im Blick haben.

Während ich mir Sitzkissen als Unterlage zusammensuche und sie auf dem Teppich ausbreite, beobachte ich Pit dabei, wie er sein Bettzeug auf dem Sofa verteilt. Und Plötzlich wird mir klar, dass er aus demselben Grund wie ich im Wohnzimmer schlafen will. Ich bin mir nicht sicher, ob ich das gut oder schlecht finde und versuche, es mir auf meiner Sammlung von Sitzkissen auf dem dünnen Wohnzimmer-Teppich einigermaßen bequem zu machen. Unsere Situation: Draußen lauern die Apachen auf einen Angriff im Morgengrauen und hier drinnen in der Blockhütte liegen eine Frau, ein Mann mit einem kaputten Schädel, ein Harley-Fahrer und ein Fachverkäufer. Keine vertrauenserweckende Truppe, aber in alten Western schwingen sich die Loser und Trunkenbolde zu Heldentaten auf. Vielleicht tun uns die Apachen auch den Gefallen und bleiben heute Nacht zuhause, statt durch das schlafende Niendorf zu ziehen.

Sicherheitshalber drehe ich eine Runde durch das Haus und kontrolliere alle Türen und Fenster. Die Türen werden fest verschlossen, einige der Fenster bleiben gekippt, sonst würde zu wenig Sauerstoff für die Nacht in das Haus gelangen.

Unsere kleine Notgemeinschaft zieht mit viel Lärm und Gekicher in die Betten. Das Ganze hat den Charme einer Übernachtung in einer Jugendherberge und wie dort vergeht einige Zeit, bis Hüttenruhe eingetreten ist. Meinen Vater hört man bis ins Wohnzimmer schnarchen, Elke ist mucksmäuschenstill und auch Pit liegt bewegungslos auf dem Sofa, die Nase wie immer zur Decke gerichtet. Ich kann nicht erkennen, ob er schläft oder wach liegt wie ich.

Mein Blick geht immer wieder zur Verandatür und dem dunklen Garten dahinter. Die Schwärze der Nacht ist undurchdringlich, der Schuppen kaum zu erkennen. Die Reflektoren der Fazer und der Harley glimmen leicht im Zwielicht, die Triumph verschwindet vollkommen im Schatten.

Wie immer, wenn ich nicht einschlafen kann, denke ich über den nächsten Arbeitstag nach, über die Warenlieferungen, Reklamationen, wer morgen mit mir zusammenarbeiten wird. Meist reichen ein paar Minuten Beschäftigung mit diesem Thema, um mich in den Tiefschlaf zu schicken. Heute bleibe ich mit offenen Augen in dem dunklen Zimmer liegen und starre an die Decke.

Was muss man wohl an der Triumph verändern, um sie ohne Problem durch den TÜV zu bringen? Die Reifen sind zu alt, die müssen garantiert ausgetauscht werden. Wahrscheinlich gibt es mittlerweile andere und bessere Reifen für die Felgen der Tiger. Alle anderen Vorschriften, die seit dem letzten TÜV der Triumph neu eingeführt wurden, können diesem Oldtimer egal sein. Am besten stelle ich die Maschine den Fachleuten von *Single & Twin featuring Niemeyer* hin, die haben Erfahrung mit sowas.

Meine Gedanken werden allmählich träger. Die Bäume im Garten rauschen leise vor sich hin. Mein Bett aus Sitzkissen schwimmt auf dunklem, samtigem Wasser. Um mich herum herrscht absolute Stille. Ich hebe den Kopf, um mich umzublicken. Das Schwarz des Wassers geht am Horizont in einen dunklen Himmel über. Bis dahin ist die Wasseroberfläche leer und glatt wie ein liegender Spiegel. Ich bin ganz ruhig und lasse mich treiben. Das Wasser hebt und senkt sich sanft, als würde es atmen. Ich atme mit ihm. Meine Lungen füllen sich mit Luft, wenn das Wasser ansteigt und ich atme aus, wenn das Wasser sinkt. In mir ist Frieden, ich spüre meine Erschöpfung. Immer weiter steigt das Wasser, immer tiefer atme ich ein. Dann hat das Wasser seinen höchsten Punkt erreicht und verharrt dort. Ich liege absolut entspannt auf meinem Bett und warte auf das Ausatmen. Die Stille ringsum ist perfekt.

Ein Geräusch auf der Veranda weckt mich. Ich schlage die Augen auf und bin sofort hellwach. Da war ein Knacken, als sei jemand gegen die Sitzbank gestoßen. Zu laut für ein Tier. Kein Traum. Drehe den Kopf, nichts zu sehen. Da, ein Schatten? Nein. Oder doch? Ich rolle mich auf die Seite. Pit liegt regungslos, scheint zu schlafen. Hose anziehen ist schwer im Liegen. Auf allen Vieren krieche ich zur Tür. Gewöhne meine Augen an die Dunkelheit, starre dicht über dem Boden hinaus. Lege die Hände um meine Augen auf das Glas der Tür. Der Garten liegt dunkel und friedlich vor mir. Habe ich mich geirrt und das Geräusch von draußen nur geträumt? Nein, ich spüre noch ganz deutlich das Erschrecken, als mich das ungewohnte

Geräusch aufweckte. Ich blicke über die Schulter zurück zu Pit. Seine Nase zeichnet sich als Schattenriss in der Dunkelheit ab, er liegt weiterhin bewegungslos auf dem Sofa. Soll ich das Geräusch ignorieren und wieder zurück auf mein Traumboot aus Sitzkissen kriechen? Die Vorstellung ist verführerisch, aber solange ich nicht kontrolliere, ob etwas oder jemand im Garten herumkriecht, werde ich den Rest der Nacht wach liegen.

Widerstrebend strecke ich den Arm nach oben und entriegele die Verandatür. Ein kalter Lufthauch zieht über meine nackte Brust, als die Tür eine Handbreit aufspringt. Es riecht nach Gras und feuchtem Laub. Ein paar Straßen weiter singt bereits ein Vogel. Demnach muss ich einige Stunden geschlafen haben und es ist kurz vor dem Morgengrauen. Ich komme mir einigermaßen bescheuert vor, als ich auf Händen und Füßen durch die Tür auf die Veranda krieche, die Tür wieder schließe und mich im Schatten des Tisches hinhocke. Angst habe ich keine, dazu ist das ganze Szenario zu unwirklich. Aber das Geräusch war echt, da bin ich mir sicher.

Auch hier draußen kann ich nichts und niemand erkennen. Ob ein Tier gegen den Tisch gestoßen und anschließend weggeflogen ist? Ziemlich unwahrscheinlich. Ich beschließe, eine Runde durch den Garten zu drehen und hinter dem Schuppen nachzusehen. Das Kriechen auf allen Vieren lasse ich sein. Falls ich wirklich auf Apachen stoße, lachen die sich über meine Anschleichtechnik kaputt. Gebückt und mit möglichst lautlosen Schritten schleiche ich über die feuchte Wiese zum Schuppen.

Tausendmal habe ich in Actionfilmen gesehen, wie man sich zuerst mit dem Rücken an eine Mauer stellt und mit einem schnellen Blick um die Ecke kontrolliert, ob die Luft rein ist. Mein schneller Blick zeigt mir den gelben Mond einsam am Himmel und die Silhouetten der Bäume im Garten, aber sonst nichts Ungewöhnliches. Also bewege ich mich am Schuppen entlang weiter in den Garten bis zur nächsten Ecke, wiederhole meine Filmszene und husche dann weiter, bis ich den Schuppen umrundet habe.

Ich stehe an der letzten Ecke und blicke zurück auf das Haus. Die Verandatür steht weit offen und gibt den Blick auf das Sofa frei. Pits Decke liegt auf dem Boden, das Sofa ist leer. Ich starre auf den braunen Bezugsstoff. Wo ist Pit? Wieso ist die Verandatür offen? Ich bin wie betäubt, habe aber immer noch keine Angst. Ich bin im Garten meines Onkels. Als Kind habe ich unter diesen Bäumen gespielt, mit meiner Mutter Picknicks auf der Wiese veranstaltet. Dieser Ort kann unmöglich bedrohlich sein. Ich werde jetzt in das Haus gehen, Pit kommt schlaftrunken aus der Toilette und wir schlafen ungestört weiter.

Das feuchte Gras kitzelt unter den Füßen, als ich die wenigen Schritte zur Verandatür gehe. Am Türrahmen bleibe ich stehen und sehe in die Wohnung. Grundlos beginnt mein Herz zu rasen. Etwas ist da. Ich kann nichts sehen und nichts hören, aber ich bin mir ganz sicher. Der Raum ist in ein schwaches, silbriges Licht getaucht, das zu vibrieren scheint. Meine Hände beginnen, unkontrolliert zu zittern.

In diesem Augenblick explodiert Lärm aus Pits Schlafzimmer in die Stille, Holz scheint zu zerbrechen. Einen Herzschlag später durchdringt ein schriller Schrei die Dunkelheit. Elkes Stimme ist kaum noch zu erkennen, sie ist weit jenseits aller Gemütszustände, in denen ich sie jemals erlebt habe. In ihrem Schrei liegt grenzenlose Panik und Todesangst. Ich hechte nach vorne. Die Tür zu Pits Schlafzimmer liegt rechts, das Gästezimmer mit Elke darin links. Aus Pits Zimmer dringt die tiefe Stimme meines Vaters und kippt um in einen Jammerlaut. Aber Elkes Schrei hörte sich unendlich hilfsbedürftiger an. Noch einen Schritt, und ich bin an der Tür zum Gästezimmer, drücke die Klinke herunter, werfe mich gleichzeitig mit aller

Macht dagegen. Sie springt auf, mein eigener Schwung katapultiert mich nach vorne. Ich pralle auf einen Mann in einem silbergrauen Anzug, der an Elkes Bett steht und gerade die Bettdecke wegzieht. Wir fallen beide über das Bett und dahinter in den schmalen freien Streifen zwischen Bett und Fenster. Ich knalle mit dem Kopf gegen die Heizung. Für einen Augenblick bin ich benommen. Der Mann im Anzug springt ungemein drahtig gleichzeitig auf beide Füße und steht über mir. Ohne zu zögern, tritt er mir mit spitzen Schuhen in die Rippen. Ich schreie, während ich versuche, mich an der Heizung hochzuziehen. Tränen schießen mir in die Augen, ich umklammere den Heizkörper und konzentriere mich darauf, einen Fuß auf den Boden zu stellen. Wenn ich einen Fuß aufstelle, kann ich mich aufrichten.

Die Zeit scheint sich zu verlangsamen. Ich sehe meinem rechten Knie dabei zu, wie es sich vom Boden löst und nach oben bewegt. Empört registriere ich, dass der Mensch im silbergrauen Anzug immer wieder dieselbe Stelle auf meinem Brustkorb als Ziel für seine Tritte auswählt. Endlich steht mein rechter Fuß auf dem Boden. Ich nehme mir vor, die Pause zwischen zwei Tritten zum Aufstehen zu nutzen. Aber da kommt kein weiterer Tritt. Während ich mich mühsam hochdrücke, schaue ich nach links.

Elke hat dem Mann das Kopfkissen von hinten über den Kopf geworfen und zerrt mit aller Kraft. Wir drei stehen da auf engstem Raum und schwanken vor uns hin. Elke, weil sie auf der weichen Matratze steht, der Mann, weil er nach hinten gezogen wird, und ich, weil ich vor Schmerzen kaum stehen kann. Unser absurder Tanz dauert nur eine Sekunde, auch wenn er sich in meiner Wahrnehmung zu einer langen Sequenz ausdehnt.

Wieder zeigt der Anzugträger eine unangenehme Körperkontrolle. Er dreht sich auf der Stelle, befreit sich dabei mit dem linken Arm von dem Kopfkissen und schlägt Elke eine ansatzlose Gerade mit dem rechten Arm unter das Kinn. Elke knallt gegen die Wand und rutscht an ihr entlang auf das Bett, während aus dem rechten Nasenloch ein Blutstropfen rinnt.

Dieser Blutstropfen verändert alles. Ich spüre keine Schmerzen mehr, als ich dem Mann von hinten beide Hände in die Haare auf dem Hinterkopf kralle. Ich zerre ihn mit meinem ganzen Körpergewicht nach hinten, schlage seinen Kopf dabei gegen das Fenster. Er hat sein Gleichgewicht verloren und stützt sich mit beiden Händen nach hinten an der Heizung ab, um nicht um zu stürzen. Dabei zeigt er genug Kraft, sich nach vorne zu beugen, um wieder sicher stehen zu können. Wieder reiße ich ihn nach hinten und schlage seinen Kopf gegen das Fenster. Beim dritten Mal zerbricht das Fenster, der Kopf des Mannes verschwindet in einem Wasserfall aus Glassplittern, während ich so schnell wie möglich meine Hände zurückreiße.

Da ist ganz viel Blut. Entsetzt trete ich einen Schritt zurück und falle auf das Bett. Der Mann rutscht zu Boden, sein Kopf ein wüstes Mosaik aus Glassplittern und Blut. Ich starre auf den Menschen in seinem silbergrauen Anzug vor mir auf dem Boden. Der Anzug ist jetzt von roten Punkten übersät und sieht sehr merkwürdig aus. Elke ist aus ihrer Ohnmacht erwacht und schreit wieder. Das weckt mich aus meiner Betäubung. Ich zappele mich über das Bett auf die andere Seite, greife ihre beiden Hände und zerre sie von dem Bett hoch. Sie ist noch ziemlich benommen und so stütze ich sie, während wir auf den Flur und zur Haustür wanken. Ich blicke kurz nach hinten, aber niemand folgt uns. Der Hausschlüssel steckt von innen im Schloss, ich lehne Elke mit einer Hand gegen die Wand und öffne mit der anderen die Tür.

„Zu den Nachbarn. Polizei. Geh!“, flüstere ich ihr ins Ohr,

drücke sie durch den offenen Türspalt und sehe dabei zu, wie sie im Nachthemd die drei Stufen der Treppe nimmt und quer über den Vorgarten in Richtung des Nachbargrundstücks wankt. Ich kann auf den Gehwegplatten die Blutstropfen erkennen, die ihr immer noch aus der Nase zu Boden fallen. Vorsichtig schließe ich die Tür und drehe mich um.

In den letzten Tagen war ich oft aufgewühlt und leicht hysterisch, aber jetzt bin ich kalt wie Eis. Der Blick auf den Blutstropfen hat einen Schalter umgelegt. Ich spüre keine Furcht, bin übernatürlich wach und konzentriert. Meine Augen arbeiten, als verfügten sie über einen Restlichtverstärker. Ich lausche in die stille Wohnung. Meine nackten Füße lassen das alte Dielenholz leise knarren, als ich so leise wie möglich zurückgehe. Bei jedem Schritt sticht mir ein scharfes Messer in die Rippen, ich spüre den Schmerz und blende ihn gleichzeitig aus.

Durch die offene Tür des Gästezimmers sehe ich das zerwühlte Bett und das gesplitterte Fenster. Der Anzugmann ist unsichtbar, aber unter dem Bett kommt ganz langsam eine dünne Blutlache hervorgekrochen. Anzugmann spielt nicht mehr mit, da bin ich mir sicher. Vorsichtig taste ich mich zur Tür von Pits Schlafzimmer. Sie ist angelehnt, durch einen fingerbreiten Spalt zieht die kühle Luft aus dem Garten durch die Verandatür bis in das Zimmer. Ich lege eine flache Hand auf die Tür und schiebe sie langsam auf.

Das Zimmer ist dunkler als das Wohnzimmer, meine Augen brauchen einen Moment, bis ich Einzelheiten erkennen kann. Pits Bett ist leer und von meinem Vater nichts zu sehen. Ich starre in das Zimmer. Soll ich hineingehen? Außer dem Anzugmann ist noch jemand anderes im Haus, sonst hätte es eben nicht gleichzeitig Lärm aus beiden Zimmern geben können. Aber wo ist dieser Jemand, und wo sind Pit und mein Vater? Zumindest die letzte Frage beantwortet sich, als ich die Tür ein wenig mehr aufschiebe. Die bleichen Beine meines Vaters tauchen auf, mit großen Kabelbindern zusammengebunden. Vorsichtig schiebe ich meinen Kopf weiter in das Zimmer und blicke hinter die Tür. Dort liegt mein Vater in seiner Unterhose auf dem Bauch, die Hände auf den Rücken gefesselt. Als ich mich hinter der Tür neben ihn hocke, stöhnt er leise.

„Papa", flüstere ich. In diesem Augenblick bin ich ein kleiner Junge, der sich den Schutz seines Vaters wünscht. Allerdings ein sehr wütender kleiner Junge.

„Papa, was ist mit dir?"

Mein Vater stöhnt nur. Erstaunlicherweise erinnere ich mich an meine letzte Schulung als Ersthelfer, die ich bei meinem Arbeitgeber einmal im Jahr absolvieren muss. Ich taste mit zwei Fingern nach der Halsschlagader meines Vaters. Sein Puls ist matt, aber stetig. Auch die Atmung erscheint mir stabil. Ich versuche, ihn in eine stabile Seitenlage zu zerren und wie bei den Erste-Hilfe-Kursen gelingt das nur teilweise. Seine Beine wollen nicht da liegen bleiben, wo sie seine Position stabilisieren würden und auch der Überstreckung seines Kopfes, mit der seine Zunge aus den Atemwegen herausgehalten werden soll, widersetzt er sich hartnäckig. Schließlich gebe ich es auf und zerre mit den Fingern an den Kabelbindern um seine Handgelenke. Eigentlich sollte ich nicht so naiv sein zu glauben, ich könnte Kabelbinder zerreißen, beim Schrauben an der Fazer habe ich wesentlich kleinere Versionen von Kabelbindern eingesetzt und die waren bereits quasi unzerstörbar. Um diese XXL-Version zu trennen, brauche ich ein massives Messer aus der Küche oder besser noch einen großen Seitenschneider. Ich richte mich auf. Das Wohnzimmer ist leer und dunkel, es ist weiterhin still wie auf dem Mond. Der Weg zum Schuppen führt über die Veranda und die Wiese, beides ist mir nicht geheuer. Ich starre unschlüssig ins Dunkle des Gartens.

„Kleiner!"

Die Stimme dringt in einem fetten Basston aus dem Garten zu mir.

„Kleiner, komm raus. Wir müssen reden."

Der Mann sagt das in einem versöhnlichen Tonfall, ganz ohne eine Drohung. Eine Hälfte in mir möchte nur zu gerne an Freundlichkeit glauben und ist bereit, der Stimme zu vertrauen. Die andere Hälfte nimmt an winzigen Tonschwankungen der Stimme wahr, wie künstlich und verlogen die Freundlichkeit ist. So muss die Stimme der Schlange geklungen haben, als sie Eva den Apfel anbot. Ich mache einen kleinen Schritt Richtung Verandatür. Im Halbdunkel sehe ich einen großen Mann auf der Bank sitzen, eine Zeitung aufgeschlagen auf dem Tisch vor sich. Er trägt einen teuren, hellbraunen Leinenanzug, wie sie in dem edlen Klamottenladen *Thomas I Punkt* in der Innenstadt im Schaufenster hängen. Ich erkenne den schwulstigen Hals wieder, der auf dem Foto im Abendblatt zu sehen war. Mit einer Hand führt der Mann sein eingeschaltetes Handy dicht über die Zeitungsseite, um im blauen Licht des Displays die Zeitungsschrift erkennen zu können. Er liest scheinbar teilnahmslos und dreht mir dabei halb den Rücken zu.

„Ich habe mir erlaubt, das Abendblatt aus dem Briefkasten zu nehmen. Wir haben den Zeitungsboten noch an der Ecke gesehen, als wir ankamen. Schöne Sache, so ein Abo. Jeden Morgen die Zeitung frisch ins Haus gebracht zu bekommen."

Störte redet leutselig mit mir, als säßen wir nachmittags bei einem Stück Kuchen zusammen. Ich mache noch einen kleinen Schritt und suche den Garten ab. Pit ist nicht zu sehen. Ich hoffe, er war schlau genug, sich zu den Nachbarn zu retten und wartet dort mit Elke auf die Polizei. Einen weiteren Komplizen von Störte kann ich nirgends ausmachen.

„Ich weiß schon, warum ich keine BMW fahre."

Der Bass von Störte dringt wieder zu mir und bringt mein Zwerchfell in Schwingungen.

„Hier steht, die BMWs im Raum Hamburg brennen, weil ein Teil der Zündelektronik fehlerhaft ist und irgendwann durchbrennt. Und zwar nur bei Bauteilen aus einem bestimmten Fertigungszeitraum. Die Lieferung ist ausschließlich an Hamburger BMW-Händler gegangen, deshalb brennen die BMWs nur bei uns. Was denkst du, Kleiner, kann das stimmen?"

„Klar, BMW kriegt auch die schwierigsten technischen Herausforderungen wie diese in den Griff."

Meine Stimme zittert nicht, als ich das sage, es gelingt mir sogar, Ironie in meinen Ton zu legen. Ich trete durch die Verandatür nach draußen. Mein Oberkörper ist nackt und ich bin barfuss, deshalb lässt mich die kühle Morgenluft leicht frösteln. Aber das macht mir nichts aus. In mir lodert eine helle Flamme, die mich unverwundbar macht. Wenn ich wollte, könnte ich jetzt fliegen. Ich gehe lässig wie ein Rastafari um den Tisch, bis ich vor Störte stehe. Der liest in Ruhe zu Ende, bevor er aufschaut. Ich habe Zeit, einen abgegriffenen Baseballschläger zu bemerken, der an einer Ecke des Tischs lehnt.

„Nett", sagt er und zeigt mit einem fleischigen Finger auf meinen Oberkörper.

„Dann muss ich mich wohl nicht mehr nach Dimitri erkundigen."

Ich sehe an Störte vorbei auf mein Spiegelbild im Fenster zum Wohnzimmer hinter der Bank. Mein Gesicht und Oberkörper sind von winzigen Blutstropfen übersät. Ich zucke mit den Schultern und blicke Störte in die Augen. Sie sind blau und leer wie Reptilienaugen. Meine Stimme klingt gelangweilt, als ich antworte.

„Das war also Dimitri? Tja, gutes Personal ist schwer zu bekommen heutzutage."

Es fehlt nicht viel, und ich muss über meinen eigenen Spruch lachen. Ich bin sowas von high auf irgendwelchen körpereigenen Säften, dass ich mich wie ein Gangster in einem Comic benehme. Störte nickt langsam. Er taxiert mich von oben bis unten.

„Du bist also der Junge von Ritchie? Ich habe dich schon mal gesehen, da warst du ungefähr so groß."

Er hebt kurz seine Fleischerhand und hält sie in Höhe der Tischplatte vor sich.

„Hast dich gut gemacht. Besser als dein Vati. War mir ein bisschen peinlich eben, der alte Mann in seiner Unterhose ... Keine Sorge, übrigens. Vati geht's gut."

Er lächelt und mit diesem Lächeln könnte man eine gut eingeheizte Schwedensauna zu einem massiven Eisblock gefrieren.

„Wenn mit ihm nicht alles okay wäre, könntest du jetzt nicht mehr alleine atmen."

Ich sage das ganz beiläufig. Das Schöne daran ist, dass ich das auch so meine. Wie bei einem Zaubertrick verschwindet Störtes Lächeln von seinem Gesicht.

„Du bist ein ganz Harter, was, mein Kleiner? Ein beinharter Rocker, richtig? Fährst mit dem Motorrad deines schwachsinnigen Onkels durch die Stadt. Verkleidest dich mit seiner Jacke und Kutte, erschreckst einen alten Penner und einen pensionierten Sesselfurzer. Respekt, du kalter Puffer."

Störtes Stimme hat sich verändert. Sie ist nicht länger freundlich, ein neuer Tonfall schwingt mit. Er hat ungefähr die Wirkung, als hielte Störte eine Bohrmaschine mit einem großen Metallbohrer über meinen Oberschenkel und ließe sie kurz aufheulen. Ich spüre, wie sich am Rande meines undurchdringlichen Schutzschildes Haarrisse bilden. Hoffentlich ist davon in meiner Stimme noch nichts zu hören, als ich antworte.

„Da wir gerade über Biker reden: Bei seinem großen Blutverlust wird man noch Blutspuren in deinem Kofferraum finden, nachdem du den Innenraum mit einer Atombombe gereinigt hast. Ganz schön belastend, mit einem sicheren Indiz durch die Stadt zu fahren, oder?"

Der Mann vor mir auf der Bank macht ein schnalzendes Geräusch, das sich nach Ekel und Langeweile anhört. Er sortiert seine Körperteile und steht mühsam auf. Störte ist ein massiver Mensch. Sein glattrasierter Schädel geht nahtlos in den fleischigen Nacken über, der Leinenanzug ist in jeder Falte mit seinem Fleisch angefüllt. Obwohl er fast einen Kopf größer ist als ich, blickt er irgendwie von schräg unten zu mir hoch. Ich erkenne, dass dieser Mensch zu größten Teilen aus Wut besteht. Zwischen uns ist nur der Tisch mit dem aufgeschlagenen Abendblatt darauf. Die Risse in meiner Rüstung werden breiter, sie laufen in Richtung meines Herzens.

„Mach dir mal keine Gedanken über den Blutdruck vom Biker. Aber auf mich solltest du Rücksicht nehmen. Ich kann nicht den ganzen Morgen mit dir hier herumstehen, Kleiner. Ich nehme an, deine Freundin mit der Engelsstimme ruft gerade die Polizei. Nicht, dass mir die Polizei irgendwie auf die Verdauung schlagen würde, aber ich bin gerade dabei, mich ein wenig aus dem Rampenlicht zurückzuziehen. Also lass uns wie zwei Erwachsene miteinander reden. Was weißt du?"

In meinem Kopf rotiert es. Wie weit soll ich meinen Bluff treiben? Ganz tief in mir drin will ich nur, dass sich dieser Fleischberg verzieht und sich aus unserem Leben raushält. Aber der Zaubertrank, von dem ich getrunken habe, zeigt noch Wirkung in mir und macht mich frech.

„Du liest doch gerne das Abendblatt, Großer. Warum kaufst du dir dann nicht morgen eine Ausgabe und liest dir meine Aussage in Ruhe durch? Vielleicht kannst du die Zeitung später in den Knast mitnehmen. Dort findest du dann alles über deinen Eintrag in der Rocker-Kartei von Bredlow."

Die Reptilienaugen fixieren mich. Ich versuche, seinem Blick Stand zu halten. Ich komme aus der Kälte des Weltalls und bin gerade beim Wiedereintritt in die Erdatmosphäre. Mein Hitzeschild verglüht in wenigen Augenblicken.

„Okay", sagt Störte. Er blickt teilnahmslos zu Boden. Offensichtlich hat er jedes Interesse an mir verloren. Wir stehen in diesem Garten, die Blätter der Bäume rauschen, man kann das zarte Licht des Tages erahnen und ich bin wie in Trance. Träume ich das alles? Störte macht mit dem linken Bein einen Schritt über den Tisch hinweg. Das rechte Bein folgt über die Tischplatte, ein sandfarbener Cowboystiefel mit der Schuhgröße achtundvierzig oder größer trifft mich zwischen den Beinen. Ich schreie nicht, als ich nach hinten geschleudert werde und auf der Wiese lande. Der Schmerz ist zu groß, um noch zu schreien.

„Du drohst mir, Kleiner?"

Störte steht über mir und schaut sich an, was von mir übrig geblieben ist.

„Du stinkende Kanalratte, du armseliger Darmfortsatz, du Witzfigur drohst mir?"

Er zieht ein Knie hoch und stößt seinen verdammten Cowboystiefel wie ein Fallbeil zwischen meine Beine. Immerhin gelingt es mir, ein hohes Winseln zu produzieren. Offensichtlich reicht ihm das als Antwort, denn er wiederholt die Sache mit dem Cowboystiefel nicht.

„Ich werde dir etwas verraten, mein Junge."

Störte versucht, wieder in den gelassenen Tonfall vom Anfang unserer Bekanntschaft zurückzuwechseln, aber das gelingt ihm nicht ganz. Meinetwegen könnte er den Versuch auch sein lassen. Die Ereignisse der letzten dreißig Sekunden sprechen gegen eine vertrauensvolle Beziehung zwischen uns.

„Die einzigen Menschen, die wissen, was über mich in dieser Kartei steht, sind entweder tot. Oder schwachsinnig. Oder arbeiten für die Polizei. Was auf dasselbe hinausläuft. Ich will dich etwas fragen, schau mich an!"

Er stößt mir mit der Spitze seines Stiefels in die Seite. Nach unserer Vorgeschichte ist das fast schon eine zärtliche Geste. Mir gelingt es, meine schmerzverzerrten Augen ein wenig zu öffnen und zu diesem Gulliver hochzublicken. Die Reptilienaugen leuchten über mir wie Sterne.

„Ich erzähle dir jetzt, was in der Kartei steht. Welche der drei Möglichkeiten wählst du anschließend für dich? Die dritte scheidet allerdings sofort aus."

Er streckt den Arm aus und zeigt zur Seite, wo die drei Motorräder stehen.

„Du warst mit der Triumph unterwegs, das bedeutet Fahren ohne Zulassung und Versicherungsbetrug. Ich glaube nicht, dass du damit noch als Polizist verbeamtet wirst."

Mir wird schlecht. Entweder muss ich mich übergeben, oder ich werde ohnmächtig. Mein Kopf sinkt zu Boden.

„Hörst du mir überhaupt zu, Sohnemann?"

Aus dem Augenwinkel sehe ich, wie sein Knie wieder in den Himmel steigt, dann verdoppelt sich der maximal vorstellbare Schmerz in meinem Körper innerhalb eines Wimpernschlages.

Ich wünsche mir, ohnmächtig zu werden, aber Störte redet weiter auf mich ein und sorgt dafür, dass ich an Bord bleibe. „Dann bleibt dir noch die Wahl zwischen tot oder schwachsinnig. Ich erzähle dir jetzt kurz die Sachlage, danach kannst du dich immer noch entscheiden."

Irgendwas geht mit mir vor. Durch die Schwaden meines Schmerzens dringt nicht genau durch, was geschehen ist, auf jeden Fall hat es auch Störte mitbekommen.

„Sach mal, du Drecksau, was soll das denn jetzt? Da macht sich der kleine Scheißer wie ein Wickelkind in die Hosen!"

Ich zappele auf dem Gras bei dem Versuch, einen Blick auf meinen Unterleib zu erhaschen. Auf meiner Jeans hat sich ab dem Gürtel ein großer, dunkler Fleck ausgebreitet. Das ich mir in die Hose gemacht habe, ist mir das vollkommen egal, es gibt gerade dringendere Gesprächsthemen zwischen Störte und mir. Ich hoffe nur, es handelt sich bei dem Fleck um Urin und keine andere Körperflüssigkeit.

„Weil du so ein schmutziger kleiner Junge bist, erzähle ich dir jetzt ein Märchen. Habe ich deine Aufmerksamkeit?" Das Knie hebt sich und ich beeile mich, eine Art zustimmendes Bellen von mir zu geben, zu mehr bin ich aktuell nicht in der Lage. Störte scheint aber nicht verwöhnt zu sein, was die Ausdrucksfähigkeit seiner Gesprächspartner angeht, denn der Cowboystiefel senkt sich langsam, ohne auf mir niederzukommen.

„Das ist nett von dir. Also, es war einmal, vor langer Zeit. In Hamburg gab es jede Menge Rocker – das sind die Bösen – die machten Rabatz und störten die braven Bürger. Daraufhin sammelte die Polizei – das sind die Guten – Informationen über die Rocker und schrieb die auf kleine, weiße Pappkärtchen. Soweit klar?"

Ich liege auf dem Rücken auf der Wiese vor dem Haus meines Onkels und belle in den heller werdenden Montagshimmel. Das Wort Morgengrauen hat heute eine ganz konkrete Bedeutung für mich.

„Söhnchen, wir verstehen uns. Also weiter. Nun kommt der Obermotz der Karteipolizei auf eine Idee. Manche der jugendlichen Halbstarken in seiner Kartei haben Potential. Sie sind schlau, schön und – na ja, nicht gut, aber stark. Die werden ihren Weg gehen. Auch den ins echte Milieu, wo die ganz bösen

Jungs sind. Du weißt schon, was ich meine, die organisierte Kriminalität, wie es immer so schön in den Anklageschriften an mich steht. Also schnappt sich der Obermotz einen großen, blonden Jungen, macht ihm mit einer falschen Anklage Angst und verspricht ihm anschließend Straffreiheit. Aber nur, wenn der arme Junge dem Obermotz immer brav erzählt, mit wem er welche Geschäfte macht, wer was plant und wann welcher Deal ansteht."

Störte ist es bestimmt herzlich egal, ob ich Wackeldackel Verständnis für die Härten seines Lebensweges habe. Von hier unten sieht es so aus, als sei er von seiner eigenen Geschichte angerührt. Er blickt über mich hinweg ins Nichts und schweigt einen Moment.

„Um die Sache kurz zu machen: Für die Hamburger Justiz bin ich ein Unberührbarer. Denn seit fast vierzig Jahren erfährt sie von mir, was in der Szene abgeht. Alle spektakulären Erfolge bei der Strafverfolgung, die ja beim Bürger so gut ankommen, verdankt sie mir. Ich kenne alle Verstrickungen, von ganz oben bis nach ganz unten. Wenn ich untergehe, geht die halbe Unterwelt mit. Und die halbe Oberwelt dazu. Deshalb endet das Märchen hier. Und wenn sie nicht gestorben sind, dann leben sie heute noch. Das bringt uns zurück zu unserer morgendlichen Quizshow."

Er dreht sich um und nimmt den Baseballschläger von der Tischkante. Als er sich wieder zu mir wendet, seufzt er. Ob er es will oder nicht, der arme Mann muss seine Arbeit machen. Störte steht vor mir, mit dem Rücken zum Schuppen, ein Riese mit kahlem Kopf und einem Baseballschläger, der in seinen groß gezoomten Händen merkwürdig grazil aussieht.

„Wir müssen zum Ende kommen. Du wolltest die Geschichte unbedingt hören, jetzt sollten wir sicherstellen, dass du sie nicht weitererzählst. Für welche der beiden Möglichkeiten hast du dich entschieden? Ich will versuchen, auf deine Wünsche einzugehen."

Störte packt den Schläger am schmaleren Ende und lässt ihn im Kreis um sein Handgelenk schwingen, bis ein Schwirrgeräusch in der Luft entsteht. Offensichtlich will er mit vorführen, wie mikroskopisch genau er mit seinem Werkzeug arbeiten kann. Ich bin nicht erleichtert. Ich finde, wir sollten nichts überstürzen. Es gibt noch so viel zu fragen!

„Biker? Lebt?"

Selbst die Minimal-Grammatik dieser beiden Laute bedeutet für jemanden in meiner Lage einen enormen Kraftakt. Das scheint Störte zu imponieren, denn er lässt sich von meiner Frage ablenken.

„Sag mal, habt ihr zwei etwas miteinander oder warum fragst du ständig nach diesem Rumfass? Vielleicht kühlt deine Zuneigung etwas ab, wenn ich dir erzähle, dass er bei dem Unfall deines Onkels als Fahrer dabei war. Biker ist jedenfalls mit dreiundzwanzig hübschen Stichen genäht und liegt in seinem Schlafsack unter dem Bismarck-Denkmal. Lebend. Jedenfalls lebte er, als ich ihn dort hingelegt habe."

Er lässt den Schläger wieder schwirren, dann stoppt er die Bewegung abrupt und tritt einen Schritt näher an mich heran. Einen letzten Joker habe ich noch, und den spiele ich jetzt aus. Ich habe nichts mehr zu verlieren.

„Pit! Warum?"

Störte stoppt seine Bewegung. Er horcht, ob sich bereits ein Auto nähert, und scheint dann zu entscheiden, dass noch genug Zeit für einen letzten Smalltalk übrig ist.

„Pit, Pit, was fragst du nach Pit? Pit war mein bester Freund. Nur ihm habe ich von Bredlow erzählt. Als er mich stoppen wollte, war es bereits zu spät. Bredlow setzte mich ständig unter Druck. Ich hatte schon schlimme Sachen gemacht, es gab für mich kein Zurück mehr. Und dann kommt Pit und macht einen auf Pfaffen. Er hatte schon seine Triumph, die Frau und das Haus. Klar, dass der nicht weiter wollte. Dann hat er mir gedroht. Mir wäre das egal gewesen, aber Bredlow bekam Panik. Ich sollte ihm einen Denkzettel geben, hat er gesagt. Einen Nasenstüber. Also habe ich Pit von der Triumph geholt. Als er dalag, dachte ich, das reicht vollkommen als Stüber. Und habe es dabei belassen. Konnte ja keiner ahnen, dass in seinem Kopf so viel durcheinander gehen würde. Ich habe das nicht gewollt. Aber diese Geschichte ist lange her."

Die Sonne ist mittlerweile so weit aufgegangen, dass Störte einen leichten Schatten wirft, als er sich diesmal über mich stellt.

„Seitdem habe ich mich in ähnlichen Situationen oft wesentlich radikaler verhalten müssen. Die Zeiten sind härter geworden. Ich befürchte, das wirst du gleich selbst ganz gut nachvollziehen können."

Ich versuche, mich aufzurichten, aber die Muskeln in meiner Bauchregion haben schon lange jede Fähigkeit zu koordinierten Bewegungen verloren. Es gelingt mir, mich auf den rechten Ellenbogen zu stützen und den linken Arm vor meinem Gesicht auszustrecken. Meine gespreizte Hand verdeckt die Sicht auf das Gesicht von Störte, ich sehe aber, wie seine fleischige Hand den Baseballschläger packt und ihn nach hinten schwingt. Ich will rufen, aber ich weiß nicht, was. Störtes Gesicht taucht neben meiner Hand auf, von der Ausholbewegung des Schlägers zur Seite gerissen. Die Reptilienaugen leuchten, seine Kopfhaut ist vor Anstrengung rot angelaufen. Ich höre das Schwirren des Baseballschlägers, als er sich von weit oben in der Luft auf mich zubewegt. Dann höre ich ein trockenes *Plop!* und sehe einen schwarzen Fleck neben Störtes roter Stirn. Pit hat den Gummihammer mit beiden Händen gepackt und ihn mit einem sauberen Schwinger auf Störtes Schläfe gesetzt. Der Baseballschläger klackert dumpf auf dem Gras, während Störte auf mich niederfällt. Die Wülste seines Fleischnackens sind feucht von seinem Schweiß, sie legen sich über meinen Mund und meine Nase. Aber das macht nichts. Ich werde atmen. Später. Erst einmal verliere ich endlich das Bewusstsein.

12.

Von Sekundenschlaf habe ich bereits gehört, dass es auch eine Sekundenohnmacht gibt, lerne ich in diesem Augenblick. Eine Sekunde später wäre Störte ein toter Mann. So schlage ich gerade noch rechtzeitig die Augen auf, um Pit wahrzunehmen, der Störte auf den Rücken gedreht hat und nun direkt neben mir über ihm kniet. Er trägt seinen hellblauen Frottee-Pyjama, hat den Gummihammer immer noch mit beiden Händen umklammert und hält ihn jetzt hoch über seinem Kopf mit ausgestreckten Armen, bereit, damit auf Störtes Kopf einzuschlagen. Was ich von Pits Gesicht erkennen kann, könnte man mit *Die Rache ist mein!* ganz gut beschreiben.

„Piiiiiit!"

Als markerschütternder Schrei geplant, gelingt mir immerhin ein Laut, der Pit zusammenzucken lässt. Ob er sich angesprochen fühlt oder ob mein Ausruf erschreckend nicht-menschlich klingt, ist mir egal, jedenfalls löst Pit seinen Blick von Störte und dreht leicht den Kopf, um zu mir herüberblicken zu können.

„Nicht! Tu das nicht!"

Ich finde, das war schon ganz ordentlich artikuliert. Sicherheitshalber richtet ich mich aber mit viel Gestöhne auf und strecke meinen Arm zu dem Gummihammer aus, der immer noch über uns dreien schwebt. Pit sieht meiner Hand dabei zu, wie sie zu dem Hammer hoch wandert und dort oben den Stiel umklammert. Er lässt den Gummihammer los und rollt sich auf die andere Seite von Störtes Oberkörper. Störte liegt wie ein schlafendes Riesenbaby vor mir, mit sanft geschlossenen Augen in einem rosafarbenem Gesicht, den Kopf zur Seite gedreht. Die Schläfe, an der ihn der Hammer getroffen hat, zeigt einen blauroten Abdruck des Hammerkopfs. Ich wette, in seinem Kopf ist gerade einiges durcheinander gekommen. Ich wette auch, dass er kein Fall für eine Sekundenohnmacht ist, sondern deutlich mehr Zeit im Schlummerland verbringen wird.

Trotzdem durchwühle ich die Taschen seiner feinen Leinenjacke und finde dort wie vermutet die Kabelbinder. So gigantisch die Dinger auch sind, ich muss zwei von ihnen zusammenschieben und verlängern, damit sie Störtes massive Handgelenke umschließen. Weil ich den großen Menschen nicht umgedreht bekomme, binde ich ihm die Hände vor der Brust zusammen. Jetzt sieht er aus wie eine Leiche, die im offenen Sarg der Trauergemeinde präsentiert wird. Der Hügel seines Brustkorbs hebt und senkt sich aber gleichmäßig durch seine Atemzüge. Der geheime Chefinformant der Hamburger Polizei liegt friedlich vor mir. Ich muss mich mit beiden Händen auf seiner Brust abstützen, damit ich mich aufrichten kann, der Schmerz in meinem Unterleib kommt und geht nämlich mit unberechenbaren Krämpfen. Schließlich stehe ich zitternd.

Pit hat sich auf die Bank gesetzt und sitzt dort ganz gelassen, als wollten wir nun frühstücken. Im Nachbarhaus wird die Jalousie eines der Fenster zaghaft nach oben gezogen, Licht dringt in den Garten. Ich erkenne Elke, die vorsichtig durch das Fenster hinausschaut, neben ihr drängt sich der Kopf der Nachbarsfrau. Ich hebe meinen Arm, um ein Daumen hoch!-Signal zu dem Fenster zu senden, lasse es dann aber sein. Hier ist nicht alles in Ordnung. Meine schwankende Gestalt zeigt ausreichend an, wie die Situation ist. Als ich wieder zu Pit sehe, bemerke ich hinter ihm im Haus eine Gestalt auf dem Boden. Ich schwanke auf das Haus zu und zweifle für einen Moment an meiner Zurechnungsfähigkeit, denn die Bewegungen der Silhouette im Halbdunklen dort lassen mich an Antje, das Walross-Maskottchen des NDR denken. Einen Schritt weiter erkenne ich meinen Vater, der mit gefesselten Armen und Beinen aus dem Schlafzimmer bis zur Verandatür gerobbt ist. Ich trete in die Tür und sehe zu dem alten Mann herunter. Ein zärtliches Gefühl überkommt mich.

„He, Störte ist im Haus."

Vater gelingt es, zu flüstern und dabei laut zu sein. Ich bin erleichtert, dass er den Überfall anscheinend gut überstanden hat.

„Ja, ich weiß", sage ich. Obwohl ich meinem Vater so schnell wie möglich helfen will, muss ich mich erst für einen Moment am Türrahmen abstützen.

„Wir hatten ein Zusammentreffen, im wahrsten Sinne des Wortes. Er liegt draußen. Pit hat ihn mit einem Gummihammer niedergeschlagen."

Ich stoße mich ab und schaffe die sechs Schritte bis in die Küche ohne Unterbrechung. Das schärfste Messer dort ist ein dreißig Zentimeter langes Lachsmesser mit einer flexiblen Klinge. Seit ich es Heidi und Pit vor mehr als zehn Jahren aus Mangel an Ideen zu Weihnachten geschenkt habe, hängt es an einem Ehrenplatz über der Arbeitsplatte. Weil die beiden in ihrem Leben noch nie filetierfähigen Lachs im Haus hatten, ist das Messer unbenutzt und rasiermesserscharf. Jetzt schneide ich damit meinem Vater zuerst die Fußfesseln durch, helfe ihm auf die Beine und trenne dann auch vorsichtig die Kabelbinder um seine Handgelenke auf. Er umarmt mich und geht auf die Veranda zu Pit.

Das Lachsmesser noch in der Hand, wage ich mich in das

Gästezimmer. Ich schalte das Licht an und gehe auf das Bett zu. Der Mann mit dem silbergrauen Anzug liegt noch hinter dem Bett, denn ich höre ihn stöhnen. Am Fußende angekommen, sehe ich seine Beine mit schicken Lederschuhen an den Füßen auf dem Boden liegen. Dimitri legt Wert auf gute Kleidung. Ich trete zweimal fest gegen seine Schuhe. Außer einem lauten Stöhnen kommt keine Reaktion, also traue ich mich, auf das Bett zu steigen und den Schritt zum Bettrand zu machen. Der Mann liegt mit dem Rücken auf dem Boden, die Augen geschlossen, das Gesicht mit Glassplittern und halb getrockneten Blutflecken übersät. Soweit ich das beurteilen kann, ist er in einem stabilen Zustand. Nur der Anzug wird nicht mehr zu retten sein, die Farbe der Blutstropfen auf dem silbergrauen Stoff lässt sofort an eine schlimme Durchfallerkrankung denken.

Vor dem zerborstenen Fenster wird das Haus plötzlich von blauem Licht angestrahlt. Ein Streifenwagen fährt vorsichtig die Straße entlang auf das Haus zu. Die Sirene ist ausgeschaltet, aber das Blaulicht rotiert langsam. Während das blaue Licht immer heller wird, je mehr sich der Wagen dem Haus nähert, hopse ich so schnell ich kann vom Bett herunter. Ich durchquere in einem breitbeinigen Entengang das Wohnzimmer, nehme mein Handy aus der Jacke und trete auf die Veranda.

Pit steht mit Vater über Störte. Beide blicken auf den Mann, der so lange Jahre über ihr Leben bestimmt hat. Es kommt mir so vor, als würden sie einen Blick in ihre Vergangenheit werfen und sehen, wie sie einmal waren. Und was aus ihnen hätte werden können. Während ich mit einer Hand das Handy aktiviere, blättere ich mit der anderen durch die Zeitung, die noch aufgeschlagen auf dem Tisch liegt. Ich finde, was ich suche und gebe eine Nummer in das Handy ein.

Die Strahlen von zwei Taschenlampen tauchen neben dem

Haus auf und kurz darauf nähern sich vorsichtig zwei Polizisten. Sie haben ihre Waffen gezogen, halten sie aber auf den Boden gerichtet. Pit verschränkt seine Arme vor der Brust, während Vater sie wie in einem Western hochhebt. Die beiden Polizisten verharren auf der Stelle und versuchen, sich auf das Szenario vor ihnen einen Reim zu machen. Ein großer Mann liegt schlafend auf der Wiese, zwei ältere Herren in blauem Frottee-Pyjama und Unterhose stehen vor ihnen und im Hintergrund telefoniert ein jüngerer Mann mit nacktem Oberkörper voller roter Flecken. Pit und Vater werden die Kommunikation mit den Polizisten übernehmen müssen, denn an meinem Handy meldet sich eine Stimme.

„Hallo", sage ich so artikuliert wie möglich, „ist dort das Hamburger Abendblatt? Ich würde gerne mit jemand in der Hamburg-Redaktion verbunden werden."

Kommissar Axel Schröders erster Fall

Kommissar Axel Schröders zweiter Fall

Kommissar Schröder muss seine alte Honda CB 750 aus der Garage holen, denn immer mehr Motorradfahrer verunglücken tödlich auf einer kurvenreichen Strecke in der Eifel. Ist der Black Rebel Motorcycle Club in eine tödliche Auseinandersetzung mit den Lucky Jokern geraten? Oder hat der einschlägig bekannte Motorradhändler Leo Nehls seine Finger im Spiel? Und wer ist eigentlich der mysteriöse Dark Rider? Axel Schröder gerät in seinem ersten Fall in eine mörderische Jagd …

Frank Marx
Tödliche Schräglage
Taschenbuch, 192 Seiten
ISBN 978-3-933385-50-5

In Köln auf dem Wallrafplatz sitzt ein toter Mann auf einer Bank. Er hat eine Kugel in der Brust und einen Motorradhelm auf dem Kopf. Kommissar Schröder, Hobbybiker und Ermittler bei der Kölner Kripo, steht vor einem Rätsel: Der Tote lässt sich nicht identifizieren, der Tatort ist unklar. Schröder geht nur widerstrebend an die Ermittlungen. Denn eigentlich wollte er morgen mit seiner Maschine in den Urlaub nach Südfrankreich fahren. Doch dann erhält der Fall ungeahnte Dimensionen.

Frank Marx
Tödlicher Speed
Taschenbuch, 192 Seiten
ISBN 978-3-933385-49-9

Leseproben auf
www.motorrad-krimi.de

Eine Gruppe Motorradfahrer trifft sich in einem Hotel in den Tiroler Alpen zu einer geführten Tour. Doch schon am ersten Tag bekommt die Urlaubslaune einen gehörigen Dämpfer: Ein Mitglied der Gruppe liegt tot in der Werkstatt. Tourguide Julian und Mechanikerin Mercy müssen sich jetzt nicht nur um ihre Gäste kümmern, sondern auch noch einen Mörder fangen. Verdächtige und Motive gibt es mehr als genug, da geschieht ein zweiter Mord.

Karin Schickinger

Mord am Stilfser Joch

Taschenbuch, 224 Seiten

ISBN 978-3-933385-48-2

Ein Motorradbekleidungshersteller hat einen bekannten Modeschöpfer engagiert, der eine neue Kollektion entwerfen soll. In einem Hotel am südfranzösischen Lac de Ste. Croix treffen sich die Assistenten des Meisters mit den Vertretern des Herstellers, um Prototypen zu testen. Zufällig wohnen die Tourguides Mercy und Julian mit ihrer Motorradreisegruppe in diesem Hotel. Da geschieht ein Mord. Mit der Ruhe ist es nun vorbei, ein gewaltiger Medienrummel bricht los. Mercy und Julian werden in die Affaire verwickelt, ob sie wollen oder nicht. Denn das eine oder andere Mitglied ihrer Gruppe scheint nicht ganz unschuldig an dem Mord zu sein.

Karin Schickinger

Die Leiche im Lavendelfeld

Taschenbuch, 240 Seiten

ISBN 978-3-933385-51-2